La langue des choses cachées

DE LA MÊME AUTRICE

Romans
Le Voleur de vie, Revoir, 2007
Méfiez-vous des enfants sages, Viviane Hamy, 2010
Le roi n'a pas sommeil, Viviane Hamy, 2012
Le Rire du grand blessé, Viviane Hamy, 2013
Le Cœur du Pélican, Viviane Hamy, 2015
Trois saisons d'orage, Viviane Hamy, 2017
Une bête au Paradis, L'Iconoclaste, 2019
Seule en sa demeure, L'Iconoclaste, 2021

Essais
Les grandes villes n'existent pas, Le Seuil,
coll. « Raconter la vie », 2015
Petit éloge du running, François Bourin, 2018

Nouvelles
Sauvages, Revoir, 2008

Poésie
Les Ronces, Le Castor astral, 2018
Noir Volcan, Le Castor astral, 2020
En l'absence du capitaine, Le Castor astral, 2022

Jeunesse
Les Rouflaquettes électriques (illustrations de Vedrana Donic),
Zinc Éditions, 2011

L'Iconoclaste,
26, rue Jacob, 75006 Paris
Tél. : 01 42 17 47 80
iconoclaste@editions-iconoclaste.fr
www.editions-iconoclaste.fr

CÉCILE COULON

La langue des choses cachées

L'ICONOCLASTE
ROMAN

Prologue

Car c'est ainsi que les hommes naissent, vivent et disparaissent, en prenant avec les cieux de funestes engagements : leurs mains caressent et déchirent, rendent la peau si douce qu'on y plonge facilement des lances et des épées. Rien ne les effraie sinon leur propre mort, leurs doigts sont plus courts que ceux des grands singes, leurs ongles moins tranchants que ceux des petits chiens, pourtant ils avilissent bêtes et prairies, ils prennent les rivières, les arbres et les ruines du vieux monde. Ils prennent, oui, avec une avidité de nouveau-né et une violence de dieu malade, ils posent les yeux sur un carré d'ombre et, par ce regard, l'ombre leur appartient et le soleil leur doit sa lumière et sa chaleur. Ils se nourrissent des légendes qui font la terre ronde et trouée, le ciel bleu et fauve, ils construisent des villes géantes pour des vies minuscules et la haine de cette petitesse les pousse à toutes les grandeurs. En amour, ils ne comprennent rien aux secousses du cœur et du sexe, ils tentent de les apaiser, leurs forces sont fragiles, leurs corps mal préparés aux tempêtes des sentiments. Ils ont trouvé un langage pour tout dire ; avec ce trésor, ils s'épuisent à convaincre qu'ils sont les chefs, les puissants, les vainqueurs.

Qu'importe qu'ils violent des femmes, des enfants, des frères ou des inconnus, qu'importe qu'ils vident des océans et remplissent des charniers, tout est voué à finir dans un livre, un musée, une salle de classe, tout sera transformé en statue, en compétition, en documentaire. Alors, qu'importe qu'ils incendient des bibliothèques, des villages et des pays entiers, qu'ils martyrisent ceux qu'ils aiment, il faut pour vaincre tout brûler, et regarder les flammes monter au-dessus des forêts jusqu'à ce qu'elles forment sous l'orbe des nuages de grandes lettres illisibles. Qu'importe qu'ils passent sur cette terre plus vite qu'un arbre, une maison, une tortue ou un rivage, ils sont si beaux, avec leurs yeux pleins d'amour et leurs mains pleines de sang, ils sont si beaux, avec leurs corps comme des brindilles, ils se tiennent droit, ils imitent les falaises, ils se croient montagnes ou sommets, ils sont si beaux dans leur soif capable de tarir les sources les plus anciennes, ils sont si beaux dans la timidité du premier baiser, cela ne dure qu'une seconde mais après ils ne seront plus jamais grands. Oui, c'est ainsi que les hommes naissent, vivent et disparaissent.

Au milieu de cette foule aveugle, titubante, certains comprennent les choses cachées. Ils devinent en silence les grands tremblements du corps, les affaissements soudains du sang, ils possèdent le don, la force. Ils se mêlent aux autres et les soignent, les apaisent, ils ressemblent à des hommes et des femmes mais ils portent en eux des décennies de douleur et de joie, ils connaissent le feu, ils l'ont en eux, ils maîtrisent les flammes. Comme des chiens de berger autour d'un troupeau affolé par l'orage, ces gens-là s'approchent d'un corps et immédiatement le corps parle avec eux, s'exprime, ils entendent, écoutent, répondent, ils guérissent, dans un fond de ferme, près d'un lit sale, à côté d'un berceau cassé, ils guérissent, voilà, on les appelle pour cela, mais c'est bien autre chose que nous ne comprenons pas.

Ils ont appris, très tôt, la langue des choses cachées.

À mi-pente, l'odeur du sang et des trembles mouillés lui parvint. Il avait marché longtemps : la journée finissait à mesure que la colline, derrière lui, s'arrondissait, et qu'une autre, devant lui, s'élevait. Le hameau gisait là, sous ses yeux abîmés par la bruine, il voyait un filet de maisons gris et noir de part et d'autre de ce qui ressemblait à une rivière, si étroite qu'elle disparaissait presque entre les arbres. Il distinguait deux ponts, bombés, plutôt larges, qui enjambaient fièrement le cours d'eau. L'église, toute menue dans cette vallée, tendait vers les nuages son clocher silencieux. D'où il se trouvait, il compta vingt maisons, trois longs bâtiments à l'écart – des étables –, une route qui piquait à l'entrée du village et sortait de l'autre côté avant de remonter.

C'était sa première fois.

Sa *mère*, âgée, ne quittait plus leur maison, à trente kilomètres. Quand on l'avait appelée, cette fois-ci elle s'était tournée vers son *fils* et il avait compris. Il prenait son tour. Il faisait suite.

– Où dois-je aller ?

– Entre deux basses collines. Il n'y a qu'un seul lieu-dit : le Fond du Puits. Ne traîne pas, tu es attendu.

– Et si je me perds ?

– Tu ne te perdras pas. C'est pour ça que les braves gens font appel à nous : car nous ne nous perdons jamais. Tâche de t'en souvenir.

Puis elle avait préparé un bagage léger et il était parti pour une journée de marche, les yeux fixés sur les basses collines à l'horizon, qui enfermaient un village où les âmes perdues avaient appelé.

Sur le chemin dix fois il s'était retourné, croyant sentir sa *mère* derrière lui. Mais rien ne bougeait, ni les trembles verts et longs, ni les prairies débordées par leurs fleurs. Le vent brisa le paysage en milieu de journée, il crut y entendre la voix de sa *mère*. Il devait avancer vite, passer la colline, arriver avant la nuit. Là, on attendait sa venue, il comprendrait, avait-elle dit, quelqu'un viendrait l'accueillir, on l'emmènerait dans une maison, et ça commencerait au bord d'un lit, près d'un malade. Cent fois il avait accompagné sa *mère* quand elle était appelée – il n'y avait pas d'autre manière de le dire, *elle était appelée* –, quand les hommes ne savaient plus où demander de l'aide. Les hôpitaux étaient trop loin, les médecins absents, les vieux refusaient d'être soignés autrement que par des coupeurs de feu, des guérisseurs, des rebouteux. Les noms qu'on donnait à sa *mère*, elle s'en accommodait, et quand son *fils* lui demandait comment elle se définissait, elle répondait : « Nous voyons des choses cachées et il n'y a pas de mot pour cela. »

Alors elle laissait celles et ceux qu'elle nommait « braves gens » utiliser le langage qu'ils voulaient pendant qu'elle apprenait le sien à son *fils*. Aujourd'hui, sur un chemin sans bornes, il partait seul accomplir cette tâche. Voir les choses cachées.

C'est une manière douce – trop douce – de raconter. Ce garçon, cheminant à dos de basse colline pour atteindre le Fond du Puits, ce garçon, jeune comme une tige, moins joli qu'un enfant mais plus qu'un adulte, ce garçon, pour les langues habituées aux choses cachées qu'il s'en va voir,

ce garçon est un drame.

Le Fond du Puits repose toujours à l'ombre : l'eau y est fraîche, l'herbe plus verte que sur les deux seins pelés qui l'entourent, une seule route le traverse, un clocher le grandit. Les maisons y sont bien rangées. Les vivants persistent à vivre. On ne quitte jamais le Fond du Puits sur ses deux jambes, mais toujours portés par d'autres. Des sorciers insolents ont fait ici de grands feux pour attraper le soleil et le soleil les a punis : plus jamais il ne vient. Parfois il effleure, en de rares occasions, il brûle les yeux, la peau éclate en bulles rouges sur le dos des enfants, alors on se terre encore plus loin, dans les arrière-cuisines et sous les appentis en bord de rivière. Le Fond du Puits s'appelle ainsi car, du sommet de la colline où le garçon se trouve, on n'imagine pas que la terre puisse accepter des endroits pareils.

Il comprend pourquoi sa *mère* l'a envoyé à sa place : elle n'a plus l'âge de marcher jusque-là. Elle n'a plus l'âge d'affronter cette solitude, ces vallées enfoncées. Lui doit apprendre que le soleil, ici, est un meurtrier, que l'eau est si froide qu'elle écrase le ventre, que la nuit les deux collines se rapprochent pour tenir entre leurs cuisses les maisons au chaud jusqu'à l'aube. Sa *mère* n'a plus l'âge d'entrer en ces lieux. Il le sent, depuis la pente qui tourne entre des bosquets de genêts et des corridors de fleurs de carotte. Il n'y a aucun troupeau, aucun barbelé aux rives des champs, pas d'affût de chasse à l'orée des bois. Entre les basses collines, il n'y a rien que le Fond du Puits.

Il se demande s'il en sortira vivant.

La nuit tombe : le prêtre attend devant la croix plantée dans un rocher gris, il a appelé la *mère* le matin, il sait où la trouver, comment l'atteindre. Lorsqu'il demande, elle vient. Mais la *mère* est vieille : le prêtre ne sait pas que cette fois son *fils* arrive. Quand la silhouette du garçon apparaît au pied de la colline, le prêtre, noir d'habit et d'iris, pense qu'un voyageur s'est égaré. Il avance promptement, ne souhaitant pas être dérangé quand la vieille viendra, mais alors que sur ce chemin à peine plus large qu'un grand cercueil les deux hommes se rapprochent, le prêtre reconnaît immédiatement l'étranger. Il y a dans sa démarche, dans son reste d'enfance, la trace de la *mère*, son pas inaudible, son calme, sa chevelure volante, mal peignée, et son dos droit malgré les trente kilomètres à pied. Le garçon s'arrête au milieu du chemin, il incline la tête et murmure :

– Vous savez qui je suis.

Le prêtre esquisse un sourire.

– Vous êtes le *fils* de votre *mère* et vous êtes arrivé bien vite. Suivez-moi.

Ils reprennent route côte à côte. De loin, on croirait des amis qui se rendent à un dîner sous les arbres, mais vite ils disparaissent, la nuit est entièrement là. Deux hiboux se répondent de l'autre côté du pont : le prêtre veut dire quelque chose, que c'est bon signe quand on arrive d'entendre ces hululements, rarement les oiseaux nocturnes souhaitent la bienvenue, mais c'est la première fois que le garçon vient ici et le prêtre sent son cœur battre à ses côtés à mesure qu'ils pénètrent dans la rue principale. Les maisons dorment : les deux hommes passent le pont, les chaussures du prêtre claquent sur les pavés inégaux et les savates du garçon glissent, *il semble marcher sur l'air*, pense le religieux. Le gave est furieux : le prêtre entend l'eau éclater sur les roches, il croit sentir le pont se dérober sous ses pieds. La rivière se retourne dans son lit : elle a commencé à ruer quelques heures avant l'arrivée du garçon, et son compagnon jurerait que sur son passage elle hurle, mais l'enfant aux cheveux de vieillard ne quitte pas l'église des yeux.

– Je dois dormir quelque part.

– Tout est arrangé : il y a une ancienne dépendance du presbytère à l'arrière, répond le prêtre en pointant du doigt un espace flou à côté du clocher. Votre *mère* a pour habitude de loger là.

Le *fils* se remet en marche comme si la conversation n'avait jamais eu lieu. Le prêtre connaît ces gens : rien du monde des hommes ne leur est inconnu, sauf les bonnes manières.

Ils suivent le bord de l'eau, cheminant sur d'anciens remparts écroulés, la nuit est pleine d'oiseaux hurleurs et de froissements de branches, on n'entend rien des maisons fermées, aucune lampe n'éclaire les fenêtres désolées et les paliers en forme de coquillage. Ils avancent sous un pauvre croissant de lune : le prêtre connaît par cœur le Fond du Puits, le garçon voit les choses cachées. Il n'a pas besoin de lumière, elle l'empêcherait de faire son travail. Sur la route entre sa maison natale et le hameau des basses collines, il a plusieurs fois protégé ses yeux du soleil, il s'est arrêté sous des arbres énormes. Il a pensé qu'il aurait dû partir plus tôt, avant l'aube, pour avancer de nuit. Il ne connaît que cela : les ombres, qu'il suit, qu'il fouille, qu'il traque. Comme sa *mère* le lui a appris. Elle ne travaillait jamais en plein après-midi, privilégiait toujours les petits matins et les lisières de crépuscule. La journée, elle gardait le lit ou le fauteuil devant la cheminée et son *fils* jouait ou travaillait sur le tapis en attendant qu'elle se lève. Il a passé vingt ans aux pieds d'une femme silencieuse et maintenant, dans cette nuit qui l'accompagne pour sa première visite, le bruit du village endormi l'assaille, son oreille est pleine de la rivière furieuse, des hiboux et des grincements de volets. Il n'est pas habitué à tant de vie, il ne sait pas ce que signifie d'être ainsi placé au centre des hommes.

Le raffut est tel qu'il secoue la tête comme une vieille mule, et ce que le prêtre prend pour de l'orgueil n'est autre qu'une douleur vivace d'être de ce monde sans être de ces gens.

Il voit la longue table et il sait qu'ici des femmes ont été prises.

Le bois : brossé de traces, de mains qui se sont agrippées à son bord, d'assiettes chaudes, de couteaux plantés, d'ongles cassés. Il voit la longue table : un cri vient d'ailleurs, il est le seul à l'entendre, il se doute qu'ici la mère de famille a été violée et sans doute sa mère avant elle, il n'en est pas certain et ne demandera rien au prêtre. Depuis qu'ils ont quitté le bord de la rivière, l'homme d'Église se comporte comme une statue. Il a poussé la porte entrouverte d'une maison, d'un rouge si profond que la nuit peine à l'assombrir, ils ont pénétré dans cette petite pièce où un maigre feu brûle. Le *fils* ne cesse de regarder la table, ses yeux se perdent dans les rainures pleines de graisse, des araignées accrochées dessous lancent des toiles douces et solides, il sait qu'ici les hommes ont été plus violents encore que sur des champs de bataille, qu'ils ont préféré défaire des femmes sur cette table plutôt que dans leur lit où ils ne cherchent que le sommeil et l'épaisseur des édredons. Alors ils violent là où ils mangent, et le *fils*, malgré ce que lui a appris sa *mère*, chancelle d'entendre des cris et d'être seul à les entendre. Il perd la notion de l'espace, cherchant d'où vient l'horreur dans son oreille et, tandis qu'il part loin, la main du prêtre l'attrape à l'épaule.

– Venez donc. C'est par ici.

La maison redevient silencieuse. Ils quittent l'âtre moribond, prennent un couloir aux murs jaunes. Au fond, une petite chambre, celle d'un enfant unique, avec un lit couvert d'un tissu bleu à fleurs, une lampe ronde sur un tabouret en bois, usé lui aussi.

– Approchez.

Un homme attend au bout du lit, assis sur une paillasse immonde. Des insectes se faufilent sous lui. Ses épaules nues, à la peau rouge, violacée, donnent l'impression qu'il porte un linge très fin couleur de vin passé. Les taches s'arrêtent sur les mains. Le *fils* ne le regarde pas : sa présence est comme une écharde fichée au coin de l'œil, il se concentre sur la lampe. Près de sa faible lumière, des cheveux d'un blond presque roux sur l'oreiller laissent des traînées de sueur. L'odeur d'un enfant malade emplit la chambre.

– Il est comme ça depuis des jours. Le médecin est venu, il est très inquiet. Alors, nous avons décidé d'appeler madame votre *mère*.

Les deux hommes ne s'attendaient pas à le voir, lui. Ils voulaient la voir, elle. Sa silhouette les aurait rassurés. Ses grosses mains se seraient posées sur le couvre-lit, lourdement, elles auraient senti la chaleur traverser ce corps d'enfant, cette chambre minable, cette maison où tout est violent.

Pour l'instant, le *fils* ne pense qu'à l'homme au bout du lit : quand sa femme criait, pliée en deux sur la table, il grognait, c'est ce qu'entend le *fils* quand le prêtre lui parle, le mugissement de ce père, des années plus tôt, avachi sur la femme qu'il vient d'épouser. Le *fils* ferme les yeux mais l'homme est là, à côté de lui, assis dans sa propre crasse, veillant un enfant, son premier, pense le *fils* en approchant la main des paupières enflées par la fièvre.

– J'ai besoin d'être seul avec lui, dit-il en montrant la porte du doigt.

Le père jette un œil au prêtre : il ne bouge pas. D'ordinaire, on ne refuse rien à la *mère*.

– Où est celle qui l'a mis en ce monde ?

– Depuis longtemps montée au ciel, murmure le religieux.

Le *fils* repousse le couvre-lit : le visage de l'enfant ressemble à celui d'un marbre. La maladie a tiré de nouveaux traits sur sa figure, des lignes, d'ordinaire celles de la vieillesse et de la douleur, des traversées de la bouche au menton, de l'œil à l'oreille, des ouvertures nettes, immobiles, à la surface d'un visage lisse. Tant de beauté émerveille le *fils* : il n'en montre rien. Derrière lui le prêtre attend, penché au-dessus du lit, il devrait reculer, fondre son habit dans l'ombre de la chambre, mais il ne connaît pas encore le *fils*, il vérifie que ses gestes sont bien ceux de sa *mère*, qu'il est celui qu'il dit être. Il l'est : doucement, il tire ses épaules en arrière, se redresse en dépliant sa force. Le prêtre sent que ce *fils* déploie dans cette chambre ce que la *mère* lui a appris, mais ils sont trop nombreux, dans cette pièce faite pour un enfant, trois hommes pour une seule fièvre, le *fils* n'a pas la place, il doit parler la langue des choses cachées et le père immonde l'en empêche, avec ses yeux de cochon et ses épaules du diable, ce rouge au sang, à la peau, aux dents. Le *fils* occupe toute la pièce et, aussi nouveau soit-il en ce lieu, les deux hommes sentent qu'il est véritablement le *fils* de sa *mère*. Ils sortent.

Les yeux de l'enfant sont si pâles que le *fils* pense qu'il est déjà parti, qu'il est arrivé trop tard, qu'il aurait dû quitter sa *mère* plus tôt, être là avant que les choses cachées n'aient englouti le garçon. La porte de la chambre est fermée : les bruits de la table se heurtent à l'alcôve où des forces s'affrontent, sur le visage du petit la chaleur et le froid creusent et gonflent encore des joues d'enfance, étirent le front étroit. La mâchoire palpite. L'enfant souffre depuis plusieurs jours, il est habitué à souffrir et il cherche des refuges dans sa fièvre, des endroits où il peut reposer sa tête, sa peau, ses muscles.

– Je suis là et nous allons passer du temps ensemble pour que tu ailles mieux. Je suis venu pour toi.

Sous le couvre-lit, la main de l'enfant tremble : le *fils* l'effleure. Il songe à saisir l'oreiller, à l'appuyer sans force sur la figure malade pour que tout s'arrête maintenant. Ce serait simple et silencieux.

– Tu n'as rien à craindre.

La maison est tenue par un homme violent : les bûches tanguent près du feu, la table est rongée par le viol, le couloir suinte, la saleté gonfle le vieux papier. Une odeur d'air froid et de volets pourris hante la chambre : l'homme aux épaules rouges lève sur le *fils* des yeux sans âme, sans honte et sans remords. Sa femme n'est plus de ce monde, mais son fils, son unique fils croit-il, repose, vivant, dans ce lit qui est la seule place chaude de la maison. Le père est un homme affreux mais près de ce fils malade son inquiétude prend le dessus : il regarde son enfant avec la crainte de tout perdre. Il plante en lui des yeux fous, ivres d'angoisse, furieux de peur. C'est un homme monstrueux, il n'a fait que du mal autour de lui. Pourtant, son enfant, il ne l'a jamais battu, jamais touché. Depuis la disparition de la mère quelque chose en lui s'est effondré et, sans qu'il soit croyant, il sait qu'il doit prendre soin de lui : avec l'enfant, à deux dans cette maison, il découvre le poids du mot amour. L'homme aux épaules rouges est fait d'une chair de muscles et d'alcool, il manque de sommeil, de lumière et de caresses, il ne connaît rien des sourires sincères et des paroles douces, il a violé des femmes, cogné des hommes, vidé des bêtes, il boit comme un chien, il hurle, il rugit, il se branle dans les draps de la défunte et, quand ce n'est pas assez, il chasse les filles vierges des hommes qu'il connaît depuis l'enfance. C'est un humain qui ne mérite pas qu'on le nomme ainsi, mais lorsqu'il est près de son enfant, d'autres couleurs remuent à la surface, il se transforme doucement, il cherche en lui des restes d'émotions intenses. Il aime cet enfant, le voir malade le rend fou, le savoir condamné le tuerait.

L'enfant est d'une beauté stupéfiante : la maladie le rend plus lumineux, sa peau semble faite d'un papier d'église, ses sourcils font deux lignes bombées au-dessus d'yeux tremblants. Un rose persiste à la bouche ; la vie résiste sur ses lèvres, la chaleur vient de là, le reste du corps s'épuise, mais le *fils* reconnaît un souffle, une force si légère qu'il faut un homme comme lui pour la reconnaître.

Le père, d'une laideur de fond de village, est un homme chanceux : son enfant, dans son monde infâme, dans son existence plantée là au milieu d'une terre suintante, son tout-petit est beau, il n'a rien du père, pourtant c'est bien le sien, ça se voit aux pommettes et peut-être aussi aux cheveux, c'est le sien. Comment un homme pareil peut-il donner un enfant sacré, comment d'un corps brutal peut naître une chose si fragile, comment, comment, comment, il n'en sait rien, ce père atroce, mais il ne peut pas perdre ce gamin, il ne peut pas le laisser mourir sans tout tenter, même appeler ce garçon, cet étranger, ce *fils* de la *mère* connue ici pour sauver les braves et les minables. Cet enfant est son salut, la lueur dans la boue, la couronne sur la crasse, cet ange, il ne le mérite pas, mais une douceur a percé sous les épaules rouges du père, un morceau d'amour qui tangue, qui grince. Le miracle de l'enfant, c'est d'avoir débusqué chez son père cette émotion qu'il ne connaît pas mais qui le ronge. Si l'enfant meurt, il sera moins qu'un homme, moins qu'une bête, et cette brute aux épaules rouges a peur de ce qu'il y a sous les hommes et les bêtes : le vide.

Dans la nuit, le *fils* ne discerne qu'un clocher d'église, les flots vaillants de la rivière et le métal des carillons de porte. Le Fond du Puits est calme : on se demande s'il est habité. Le prêtre et le *fils* longent la rive, quatre cents ans plus tôt des murs de pierre d'un gris pâle, un gris d'oiseau, furent érigés de chaque côté pour protéger les commerces et les rues. La rivière n'a jamais passé ces barricades. Son lit n'est pas large mais il lui suffit, ici personne ne tente de détourner sa course ni d'assécher ses rives, de vider ses entrailles. Les habitants du Fond du Puits se contentent de la traverser, parfois ils jettent des épluchures depuis les fenêtres, l'été quelques enfants tentent une baignade mais l'eau est si froide, elle vous arrache la peau, elle vous mord les orteils, c'est une eau d'urgence, la boire vous glace l'estomac.

De là où il se trouve, le *fils* perçoit le pont qu'ils ont foulé une heure plus tôt. Il lui paraît plus imposant, comme le haut d'une mâchoire ouverte. Le prêtre a l'habitude : il côtoie cette lèvre de pierre depuis trente ans. L'arche est criblée de lucioles : le *fils* voit qu'ici, sous cet orbe scintillant, des hommes ont été pendus, trois ou quatre, les pieds nus et les dents arrachées. Il perçoit un vieillard aux mains brisées par d'autres hommes, deux garçons aux épaules larges et solides pour qui on a doublé les cordes, et un jeune de presque dix-huit ans à l'allure chétive, celui-là ressemble à une poupée, il est maigre et ses jambes, bleuies par les coups, se balancent au-dessus de l'eau comme des branches sans fleurs.

– Il y a eu des pendus ici, dit le *fils*.

Le prêtre s'immobilise. Il ne regarde pas son compagnon : son œil passe du pont à la rivière.

– Votre *mère* ne disait rien de cela. Elle savait, mais elle ne disait rien. Elle ne posait pas de questions. Vous avez encore un peu de jeunesse en vous.

Le *fils* pourrait l'effacer de la surface du Fond du Puits en une seconde. Au matin, personne ne saurait quoi dire ni quoi faire. Le prêtre aurait disparu.

– Vous parlez d'elle au passé. Elle n'est pas morte.

L'homme d'Église pose son œil sur le *fils*.

– Je vous présente mes excuses, jeune homme. Je ne voulais pas vous blesser.

Puis il lance sa main et dessine des cordes dans le vide.

– Il y a eu des pendus ici, c'est vrai. Tout le monde s'en souvient, pourtant personne n'était né quand c'est arrivé.

– C'est comme ça que tiennent les villages.

Le prêtre laisse échapper un rire léger, qui vient plus du nez que de la bouche, un soupir. Ils deviennent amis même si, pour le *fils*, les amis n'existent pas. Toute sa vie il n'a connu que des inconnus et sa vieille *mère*. Pour lui, elle est à la fois une compagne et une inconnue. Il sait vivre avec elle, il comprend ses silences, anticipe ses gestes. Il est prêt avant qu'elle ne le lui demande. Il ne devine pas ce qu'elle pense, il sait. Elle l'a éduqué, entraîné, instruit, pour que, dit-elle, « rien de ce monde ne te soit étranger ». La *mère* a passé sa vie à rendre celle du *fils* claire, limpide, il sait où il va, comment et pourquoi. Elle a fait en sorte qu'il sache tout. Pour qu'il prenne, un jour, sa place.

– Vous avez besoin de repos, dit le prêtre, d'un ton qu'il prend avec les enfants de chœur.

– J'en doute.

De nouveau il sourit, franchement cette fois-ci.

– Votre âme, je veux dire.

Ils reprennent chemin. Le pont disparaît dans la nuit. Le *fils* n'imagine pas le Fond du Puits ailleurs que dans l'ombre, ses bâtisses sont comme des dents dans une vieille bouche.

L'église jaillit soudain du paysage noir : le prêtre en prend grand soin et dans cette nuit sans fin son clocher rassure les deux hommes. Ils contournent les chapelles et de l'autre côté une petite maison attenante, avec un toit bas et des fenêtres rondes, attend le *fils*.

– C'est ici.

Le *fils* voit sa *mère*, la nuit toujours, sur le pas de cette minuscule demeure. Sa silhouette, immobile devant ces fenêtres. Elle aime cet endroit, elle s'y sent presque bien.

À l'intérieur, tout est joliment nu. Pas de tableaux aux murs, pas de breloques sur les étagères. La table est recouverte d'un tissu blanc à liserés, c'est un bout de drap que le prêtre a découpé pour mettre un peu d'humanité dans cette chambre sans amour. Une petite cheminée crache des braises roses : le lit, au fond de la pièce, contre le mur, est fait d'un matelas mis sur un autre, d'un édredon et d'une chaise à sa tête. La Bible repose sur l'unique oreiller : c'est un endroit où l'on dort seul.

– Je viendrai vous chercher demain matin, souffle le prêtre. Il y a du bois dehors, dans l'établi. Mais vous aurez de quoi tenir quelques jours.

Le *fils* ne le remercie pas. Il tire la nappe et la plie en quatre, soigneusement. Puis il donne le carré de tissu blanc à son hôte. Ce dernier soupire, tourne les talons, mais avant de fermer la porte derrière lui, il demande :

– Et l'enfant ?

– Il vivra.

Il rêvait de la grande plage de sable brun où treize baleines avaient péri : leurs dos luisaient sous le soleil, des hommes et des femmes s'affairaient autour d'elles comme des mouches, des vétérinaires avaient été appelés en urgence, les journalistes tentaient de les prendre en photo, on entendait le son des animaux marins qui meurent là où ils ne doivent pas mourir, sur la terre, les fanons dans le sable. Des caméramans installaient en hâte leur matériel sur le chemin qui longeait la plage, le vent ce jour-là s'était retiré et la mer avec lui, le *fils* allait d'une baleine à l'autre poser sur leur carcasse une main minuscule et la mort tremblait dans l'œil de chacune d'elles.

Il rêvait des plaines sauvages, au nord, à peine habitées, où les renardeaux sont plus nombreux que les enfants. Là-bas, on appelait souvent sa *mère*, le premier centre médical se trouvait à plusieurs dizaines de kilomètres, impossible de s'y rendre les jours de neige ou d'été flamboyant.

Il rêvait des immeubles écroulés, au centre de petites villes désertées par la jeunesse. On sécurisait le périmètre avec des bandes bleues et blanches, la *mère* et le *fils* étaient là avant la police, avant les médecins, ils se faufilaient entre les ambulances et les casques, montaient dans les étages noirs de fumée, s'attardaient dans des salons coupés en deux, le pied sur le paillasson et de l'autre côté c'était le grand air, la rue, et des meubles en bas fracassés sur le goudron, de la vaisselle, des blocs de pierre et de métal, au milieu des corps enchevêtrés, aux membres disloqués, qu'on prenait pour des lampes ou des morceaux de table.

Il rêvait des premiers mots de sa *mère*, les jours de beau temps. « C'est un temps à vivre », répétait-elle, chaque matin, devant l'unique fenêtre de la maison où ils vivaient ensemble, heureux.

Il rêvait d'être, à nouveau, heureux.

Il rêvait des cirques abandonnés au bord de routes interminables, brûlées par le soleil et le manque d'eau claire, les grilles étaient carbonisées, les allées autrefois pleines d'enfants ressemblaient à des tranchées où les herbes folles griffaient les jambes. Dans les cages, les fauves gisaient sur du sable souillé par l'urine et les excréments. Des lionceaux lançaient des cris inaudibles, des singes pendaient aux branches, des lynx, des tigres et des guépards avaient mâché les barbelés et du sang coulait de leurs babines, leurs langues séchées tombaient de côté, et cela sur des kilomètres de pistes où l'on discernait encore les flèches de peinture bleue indiquant « Circuit découverte ».

Il rêvait des mains, parfois douces et roses, parfois veinées et jaunes, qui effleuraient celles de sa *mère*. Petit, il était fasciné par ces bras tendus vers elle, par ces doigts arqués, ces ongles mangés par la vieillesse ou la maladie, le reste du corps était caché sous un drap, mais les mains, les paumes, les poignets, il les voyait, vivants, lancés tels des fouets, le sang circulait encore, la pulpe des doigts gonflait, l'espoir habitait ces mains et cet espoir l'émerveillait.

Il rêvait des nouveau-nés sous des bulles de plastique, recouverts de tuyaux, branchés à des pieuvres numériques. Il rêvait de leurs parents, les bras croisés au-dessus des machines, les yeux rivés sur des bébés funambules, il en rêvait souvent parce qu'il essayait d'imaginer ce que c'était de respirer là-dessous, comme un animal marin retenu par des filets ultramodernes. Ces débuts de vie, il ne savait pas encore les atteindre, il se sentait tenu à l'écart, incapable et fragile.

Il rêvait des tables où l'on tranchait des cous de poule, il rêvait des lits à une place qui n'auraient pas dû être remplis par plus d'un corps, des fauteuils salis par les dernières sueurs des vieillards, il rêvait des âtres qui embaumaient les maisons, des tabourets longs et bas où l'on tendait ses jambes pour dormir les pieds au chaud, il rêvait des bords de route d'où s'élevaient des fumées noires, des forêts qui étouffaient les hurlements, des montagnes aux cavernes interdites, il rêvait des femmes qui furent belles et que la vie quittait comme on quitte un amant de passage, des hommes qui furent solides et dont les muscles explosaient d'avoir trop travaillé, il rêvait des cours de récréation, des casernes militaires, des déserts et des collines rouges du Sud, il rêvait d'oiseaux gigantesques aux ailes si larges qu'elles masquaient le soleil, aux becs si longs qu'ils arrachaient des toitures, il rêvait d'ouragans et de vagues plus hautes que les basses collines, de tornades ahurissantes qui emportent des maisons, il rêvait de champs dévastés par les sauterelles, d'invasions de crabes et de fourmis orange, parfois tout se mélangeait, sa *mère* lui avait dit : « Les cauchemars n'existent pas, ce sont des rêves un peu tordus. »

Il rêve de l'enfant, de la mère évaporée, de la brute aux épaules rouges, et soudain un bruit efface les trois figures. Des coups. Sur le bois. Il se lève, la porte tremble. La pièce est plongée dans l'ombre. Au cœur de la nuit, le *fils* craint que ce ne soit la brute qui vienne lui coller une raclée, pour lui rappeler qui est l'homme, le père, celui qui règne.

Il approche, les coups ne cessent pas. Cet homme peut le réduire en morceaux et les éparpiller dans le village, les accrocher aux fenêtres des maisons, les nicher au creux des marches des perrons, tout est possible avec un père pareil, aux épaules colossales enroulées sur elles-mêmes, au regard qui ne regarde rien. Les coups continuent, le *fils* dit calmement :

– Partez.

Pendant une minute, plus rien. Mais quelqu'un est là, derrière. Un homme. Peu sûr de lui. Peut-être ivre pour donner de tels coups puis cesser sans quitter les lieux. Le *fils* reste, lui aussi, planté là comme une flèche dans un bloc de glace, droit, à l'affût, concentré sur ce qu'il voit, la nuit accentue les contours, efface les visages.

– Partez.

Plus rien. Pas un son. Dans la pièce le bois retient ses craquements, les souris ne courent plus sous le toit. Dehors, les arbres ralentissent la course folle de leurs branches. Les cloches n'ont pas sonné depuis des heures. Un gouffre s'ouvre au Fond du Puits : ils sont là, séparés par une porte d'un bois qui sert à assembler des cercueils et des tables où les femmes sont violées, seul le *fils* sait que la porte n'est pas fermée à clef. C'est un conseil de sa *mère* : on ne ferme pas les portes la nuit, on garde les fenêtres ouvertes quelle que soit la température, aucune menace ne vient jamais de l'extérieur, nous sommes nos pires ennemis, et tandis que les minutes passent dans cette chapelle que Dieu a quittée depuis longtemps, le *fils* se répète ces mots, l'homme derrière la porte ne lui veut aucun mal.

– Je sais que vous êtes encore là. Le prêtre m'a appelé pour voir l'enfant. Vous êtes son père ?

Un soupir perce le silence des lieux. Une voix s'élève doucement, l'épaisseur de la porte la rend lointaine et grave :

– On vous a appelé pour un enfant mais je suis d'une autre famille. Ce n'est pas pour cela que je viens. Ouvrez-moi la porte.

Le *fils* s'est trompé : c'est peut-être une femme. Il sent son cœur s'ouvrir et la honte le submerge. Jamais sa *mère* n'aurait douté.

– Que voulez-vous ?

– Ouvrez-moi la porte. Je vous en supplie.

Il ne doit pas répondre, il ne doit pas ouvrir, il ne doit voir que le prêtre, l'enfant malade et sa famille. Il est appelé pour une personne et quand il vient, cette personne est au centre de tout : il ne doit pas détourner son attention, il ne doit parler qu'aux âmes impliquées dans la vie du malade. Sa *mère* aurait déjà chassé l'insolent, ou l'insolente, elle aurait fait trembler les murs et remuer le ciel. Un tour de magie pour les idiots qui y croient.

Lui sait faire mais il n'ose pas.

– Ouvrez-moi.

Le *fils* soupire. Il va fauter.

– La porte n'est pas fermée à clef.

Silence. Puis quelqu'un entre : le grincement retentit dans tout le village. Le *fils* recule : devant lui un enfant, une dizaine d'années, les joues roses, les yeux d'un vert de buvard ou de ruisseau. Un enfant donc. Il souffle, ses cheveux sont du foin sur son crâne : le *fils* croit voir dans ce petit celui de tout à l'heure, mais c'est impossible, l'autre est cloué au lit comme Jésus sur sa croix, ça ne peut pas être lui, mais ils se ressemblent.

– Venez, s'il vous plaît, demande le petit.

– Je ne peux pas. Je suis venu pour le…

– Pour le fils de la brute aux épaules rouges, répond le gosse. Je sais. Tout le monde sait que vous êtes ici.

– La brute ?

L'enfant lève les yeux au ciel.

– Oui, vous l'avez vu. Il reste à son chevet alors qu'il maltraite tout le village depuis toujours. Vous arrivez et le voilà qui joue au bon père de famille. C'est un type dangereux, si vous voulez mon avis.

– Je ne vous ai pas demandé votre avis et vous n'avez rien à faire ici en pleine nuit, répond le *fils* d'une voix qu'il veut autoritaire.

L'enfant baisse la tête. Il a couru pour venir jusqu'ici.

– Pardon. Venez, s'il vous plaît. C'est une question de vie ou de mort.

Le *fils* regarde son compagnon, les yeux plissés.

– C'est toujours une question de vie ou de mort.

– Là, c'est différent.

Il voudrait gronder, lever les mains et ouvrir la nuit en deux pour terrifier l'enfant. Mais l'autre n'a pas l'air d'avoir peur : il lui parle comme au facteur ou à son petit frère. Il lui parle comme à un être vivant.

– Pourquoi est-ce différent ?

– Parce que votre *mère* est déjà venue chez nous.

Ils marchent vite et quittent rapidement le bord de ruisseau : l'enfant louvoie entre les maisons, parfois le *fils* perd sa trace, il ne voit plus qu'une ombre, puis, tout à coup, les yeux verts surgissent au coin d'une cahute. La nuit mange tout : les cheveux du gosse disparaissent dans les ténèbres, son corps vif et ramassé ressemble à celui des animaux chasseurs, rapides. Le *fils* suit, il connaît les ombres, il vit dans leurs mouvements le soir, dans leur immobilité le jour, il sait les lire et les comprendre, personne au monde ne sait comme lui parler la langue des choses cachées.

L'enfant connaît le labyrinthe des maisons basses : il y est né. Quand on quitte les remparts, les rues deviennent de plus en plus étroites, on craint d'avancer et de se retrouver pris au piège. Parfois, il faut se tourner et aller de côté, comme un promeneur au bord d'une falaise, tant les ruelles se transforment en passages, et les passages en trous de souris. L'enfant poursuit son itinéraire en posant les doigts sur les pierres, derrière lui le *fils* regarde ses mains encore jeunes se frotter aux bâtisses d'un siècle écrasé par l'histoire. Il n'ose pas, lui, toucher ces maisons car il verrait et saurait, déjà il a fauté en suivant cet enfant, déjà il quitte sa tâche, sa *mère* le sait, il en est certain, d'où elle se trouve elle sent que son *fils* prend le mauvais chemin, qu'il détourne son attention du garçon malade, de son père violent, un instant il a peur qu'elle vienne, cette *mère* redoutable, finir le travail à sa place. Puis il se souvient qu'il est là, seul, sans elle.

Cette pensée l'immobilise: quoi qu'il fasse, sa *mère* ne viendra pas. Elle ne viendra plus. Le *fils* se met à trembler, l'enfant a disparu, la langue des choses cachées ne murmure plus dans son oreille. Sa *mère* ne viendra pas, et peut-être qu'à son retour la maison sera vide.

Il sent battre son cœur jusque dans ses orteils. Il lui semble que le pont aux pendus tremble aussi. Tout le village est sur le point d'être englouti dans son émotion : sa *mère* l'a envoyé là pour disparaître, elle l'a envoyé loin, dans le Fond du Puits, entre deux basses collines. Il comprend que cette mission est le début d'une vie, la sienne, et la fin d'une autre, celle de sa *mère*. Le voilà secoué d'angoisse : en lui montent les années d'apprentissage, au milieu de la nuit les souvenirs, les leçons, les bonnes façons de faire, les alertes et les silences de sa *mère* le déchirent et gonflent son cœur qu'il doit garder « sec et solide en toutes circonstances », disait-elle en appuyant sa paume sur la poitrine de son *fils*. Elle l'a laissé partir seul, soigner seul, prendre la décision seul, et surtout, voir un seul enfant. Il est venu à pied, une journée de marche, sans croiser une âme vivante, il a rencontré le prêtre, ces gens durs et mélancoliques, il dort dans le lit que sa *mère* occupe d'ordinaire, dans ces villages-tombeaux qu'il ne connaît qu'en voyages interminables et arrêts rapides. Elle ne viendra pas : il ne la reverra plus.

– Alors ! Vous rêvez ? Venez !

Le gosse surgit : le *fils* veut se jeter sur lui, lui briser le cou et balancer sa carcasse contre le mur jusqu'à ce qu'elle tombe en morceaux, mais son cœur bat toujours, très fort, il contrôle difficilement ses gestes. L'enfant ne voit pas son trouble. Il lui fait signe de le suivre, le guide entre les maisons, puis il s'arrête devant une bâtisse plus longue et plus basse que les autres.

– C'est là.

Le *fils* soupire : la porte est grande ouverte. À l'intérieur, le noir complet.

– Qui habite ici ?

– Ma grand-mère, ma tante et moi. Avancez tout droit, il y a un escalier et en haut, c'est la chambre.

Le *fils* pénètre dans la maison. L'odeur rappelle celle des usines à bois : des araignées pendent au-dessus de sa tête, il devine qu'elles colonisent tout et qu'on s'en accommode. Il avance comme a dit l'enfant, de chaque côté du couloir des portes fermées grincent sous le poids du vent. Le *fils* se retourne, l'enfant attend, dans l'encadrement, qu'il trouve son chemin. De nouveau il lance la main en avant pour lui indiquer la bonne direction. Le *fils* continue ; il passe près d'une chambre fermée, la serrure est remplie de colle et de cire, il effleure les montants du bout des doigts et soudain, dans son oreille, des hurlements retentissent. Il doit s'arrêter au bas de l'escalier et prendre sa tête entre ses mains tant les cris percent son crâne, il est seul à les entendre mais ça ne s'arrête pas, quelqu'un hurle, encore et encore, à la manière d'un animal pris dans un piège en métal. Il sait qu'il faut sortir d'ici, faire demi-tour, gronder l'enfant, mais avant qu'il n'ait pu se retourner le gosse le pousse dans l'escalier.

– Montez ! C'est là-haut.

Le *fils* veut hurler à son tour mais quand l'enfant s'approche, les cris cessent immédiatement. Sa colère est matée par le soulagement : le silence revient dans la maison.

L'escalier mène à un premier étage exigu, composé de deux pièces et d'une salle d'eau. On entend le robinet d'un lavabo goutter dans le noir.

L'enfant s'est glissé devant le *fils* et monte quatre à quatre les marches jusqu'à la chambre. Un rai de lumière filtre sous la porte : le *fils* pense à sa propre enfance, quand les cauchemars prenaient son sommeil et qu'il s'éveillait, terrifié, cherchant des yeux la lampe de sa *mère*. Il la trouvait toujours.

Le petit pousse contre le bois très doucement, comme pour ne pas réveiller la maison. La lumière éclabousse le couloir : la chambre, minuscule, a tout d'une tombe chaude.

Les murs, couverts d'un papier rose passé à la poussière, encadrent un lit à tête de bois foncé, croulant sous des oreillers bruns. Une fenêtre donne sur la nuit et rien d'autre. Une lampe au bout d'un long pied en métal éclaire un visage griffé par la vieillesse.

Le *fils* s'approche : la peau est foncée, blanchie autour des yeux et de la bouche. Les rides montent du cou jusqu'aux cheveux. D'ordinaire, chez les mourants, le trajet du temps part en sens inverse, du front à la poitrine, tout le visage est tiré vers le bas, mais cette fois-ci, la carte paraît toute retournée, cette vivante-là joue avec les heures et les jours, repousse l'agonie, résiste à l'âge tel un faible barrage au torrent puissant d'une rivière. Au milieu de cette figure que l'ombre dispute aux lueurs de la lampe, deux paupières larges mangent la peau, s'étalent entre les oreilles comme des baigneurs. La bouche est déjà abandonnée à la mort : les lèvres, presque sèches, luttent pour maintenir dans la chambre un souffle de vie.

Le *fils* se tient longtemps près du visage. Une chaise branlante meuble la pièce. Pas de placard, pas de commode, pas de bibelots. Le lit, la chaise, la lampe. Ici, on fait de la place aux mourants.

– Je vous laisse, souffle l'enfant en reculant.

Le *fils* n'a pas le temps de se tourner vers lui qu'il s'est échappé. La porte se referme sans un bruit.

Il repense à sa *mère*. À son émotion, dans le dédale des ruelles. Il voudrait quitter les lieux, rebrousser chemin, fuir le Fond du Puits. Avec un peu de chance et beaucoup d'efforts, il peut la rejoindre avant midi. Oui, son corps le porterait jusque-là. Ça ne peut pas se terminer ainsi, impossible. Sa *mère* le repousse si loin, et il l'aime tant pour ne pas, au moins, essayer de la retrouver, avant la fin.

– Vous lui ressemblez, murmure, entre des lèvres abîmées par l'âge et la douleur, une voix lourde et profonde.

Le *fils* sursaute. Les yeux s'ouvrent sur un vert extrême, où la vie jaillit subitement, insolente, dans cette chambre de ténèbres. Le *fils* ne distingue pas le corps qui prolonge le visage, mais il le devine affaibli, rongé aux articulations.

– Vous lui ressemblez vraiment, reprend la voix. Mais vous avez l'air plus sympathique.

Un sourire difficile étire la bouche. Le *fils* s'approche plus près : les cheveux de la grand-mère, tirés derrière son crâne, se confondent dans l'oreiller. Pas de fils gris, ni de blanche crinière. Une chevelure de jeune femme que la vieillesse n'a pas grignotée.

– Je ne devrais pas être ici ; c'est votre petit-fils qui est venu me chercher.

Le corps frémit. La vieille tente de se redresser. Il tend les bras et rehausse sous sa nuque deux oreillers qui se chevauchent, formant un creux où la tête disparaît quand elle essaye de bouger.

– Merci, jeune homme. C'est pour ça que vous m'êtes plus sympathique, votre *mère* n'aurait pas pris la peine de se déplacer.

– Vous l'avez déjà rencontrée ?

Les yeux s'ouvrent largement.

– Oh que oui. Deux fois.

– Deux fois pour vous ?

La vieille renifle. Ses narines, hautes, sont bordées d'une peau plus foncée.

– Une fois pour moi, il y a quelques années. Et une fois pour ma fille, il y a bien longtemps.

Le *fils* soupire et recule légèrement. Il n'y comprend plus rien mais il reste là, debout, devant cette femme qui l'accueille comme le font les vieilles personnes avec les adultes qu'elles ont connus petits. Il ne le sait pas encore, mais dans cette chambre, auprès d'elle, il sera à sa place. Presque apaisé. Il pense toujours à sa *mère*, au trajet du retour, au presbytère qu'il quittera sitôt qu'il aura terminé sa visite.

– Vous ne m'avez pas appelé, souffle-t-il en poussant son regard contre le sien.

La grand-mère esquisse, de nouveau, un sourire discret. Mais vivant.

– Tout le monde sait que vous êtes là.

– Je n'ai rencontré personne, à part le prêtre, la famille de l'enfant malade, et vous-même.

Elle tousse en essayant de rire.

– Qui aurait envie de vous rencontrer ?

La remarque le gifle. Elle a raison. Il incline la tête et fait mine de quitter la pièce.

– Attendez !

La voix monte d'entre les couvertures, il ne doit pas rester ici, même s'il se sent bien, même s'il aurait préféré dormir au pied du lit plutôt que dans la chambre de l'église, il doit partir, la vieille n'était pas prévue, elle n'a pas appelé, et elle l'insulte. C'est trop. Il avise la sortie, veut dire une chose dure mais, avant qu'il trouve les mots, la porte s'ouvre en grand dans un fracas de colère et de jeunesse, et une femme, armée d'un fusil, avance.

– Sortez d'ici, ou je vous tue sur-le-champ !

Le *fils* avait vu les troupeaux, dans les grandes plaines, où les hommes à cheval menaient des bêtes à bout de souffle, des chiens maigres aux sabots. Il avait vu les lumières roses du soir danser sur des cornes en forme de vasque, imaginant combien d'oiseaux tenaient, côte à côte, sur ces couronnes qu'on vendait aux touristes, leur faisant croire qu'elles portaient chance si on les accrochait aux façades des maisons. Il avait vu des cheptels de centaines de bêtes s'effondrer en quelques jours à cause d'un moustique venu d'ailleurs, d'un sang infecté, d'une chaleur nouvelle, il s'était rendu sur les lieux où les cadavres gisaient dans le sable, rochers de poils et d'entrailles ouvertes, déjà les mouches travaillaient à tout défaire de ce que furent des bêtes royales, déjà le soleil cuisait les peaux, et les hommes, descendus de cheval, grattaient leur barbe, juraient dans une langue étrangère, jetaient leurs mains au ciel, implorant des dieux que le *fils* connaissait bien et qui ne seraient d'aucune aide. Il avait approché les familles de ces hommes, réunies devant des enclos vides, cherchant des yeux une raison de continuer à vivre cette vie-là, criblées de dettes, de silences, d'horaires impossibles, il voyait comment les femmes tenaient contre elles des enfants aux yeux bruns, même couleur que la robe des vaches tombées sur le sable, ces enfants-là ne connaissaient rien d'autre que les ranchs et les longues plaines interminables où le rose et le jaune dominaient, toute l'année, le bleu du ciel et le vert des arbres courts.

Il avait découvert qu'on appelait aussi sa *mère* pour les animaux et elle venait. Partout ailleurs des enfants, des femmes, des hommes, des vieillards patientaient, elle se déplaçait pour les jambes des chevaux de trait, pour les yeux fous des veaux, pour les croûtes infectées des chiens de chasse, elle marchait deux jours entiers pour une jument pleine, pour un oiseau tombé du nid, pour un chat à cinq pattes. Quand il l'accompagnait, il se concentrait sur les autres animaux :

les poules se rassemblaient autour de la *mère* quand elle pénétrait dans le poulailler, les vaches s'approchaient timidement, mais au bout d'une heure, elles cognaient leur mufle contre les larges épaules de la *mère* qui les ignorait. Dans les zoos, qu'il détestait à cause des grillages et des enfants qui se jetaient dessus, quand sa *mère* posait ses mains sur le ventre d'un tigre ou sur la corne d'un rhinocéros, le *fils*, malgré les cahutes qui les protégeaient des regards extérieurs, le *fils* savait qu'en sortant les autres occupants attendraient devant leur grille, à l'affût. Les singes se balanceraient aux branches les plus proches, les panthères, si sauvages, se glisseraient contre les vitres, les crocodiles resteraient sur la rive un peu plus longtemps, les touristes seraient si heureux de les voir, tous réunis, à portée de main, ils ne comprendraient pas pourquoi, ils en auraient pour leur argent, d'ordinaire les lémuriens sont cachés, les guépards ne sortent qu'une petite heure dans la journée, les singes vont trop vite pour qu'on puisse les prendre en photo. Mais ce jour-là, quelle immobilité des animaux dans le monde des hommes, ils attendaient, pattes, sabots, griffes, crocs et babines, ils attendaient, poils, robes, plumes et becs, et la *mère* posait ses mains là où les vétérinaires refusaient de poser les leurs, elle ne demandait pas qu'on endorme les bêtes parce que les bêtes lui faisaient confiance. Au début, le *fils* avait été surpris : contrairement aux hommes, les animaux ne craignaient pas sa présence. Ils étaient curieux, attentifs, parfois tendres, jamais ils n'avaient grogné, hurlé, sifflé. Jamais ils n'avaient crié, bondi, mordu.

Le *fils* aurait aimé qu'on appelle sa *mère* uniquement pour ces âmes-là. Les animaux savaient ce qu'ils lui devaient.

La femme au fusil : ses yeux flamboient. Le *fils* a devant lui la colère, la vraie, vivante et vivace, furieuse et superbe. Il se noie dans les deux trous verts de plume, verts de feuille et d'orage, luisant au-dessus du canon. Une masse de cheveux bruns, plus clairs que ceux de la vieille, plus épais aussi, encadre le regard, des mèches sèches et noueuses tournent sur elles-mêmes, on y perdrait sa main comme dans des ronces. La jeune femme porte une veste en laine rose, de la même couleur que les murs et les couvertures, la lumière chaude de la lampe jette sur son visage des ombres folles et rend ses yeux plus furieux encore, plus vastes. Le *fils* en oublie la vieillesse dans le lit et l'enfant dans le couloir, il suspend à ce regard le sens de sa mission, personne n'a jamais tenu sa *mère* en joue, personne n'a osé la viser, il ne sait quoi répondre, quoi dire, quoi faire, il devrait se déployer mais ses membres sont figés, soumis, les yeux de cette femme et ceux du canon s'élargissent, il ne voit que cela, il est pris.

– Comment osez-vous ? Sortez, maintenant !

Elle hurle. Ses paroles ricochent contre les murs. Le village entier doit l'entendre, bientôt les voisins viendront frapper au carreau. Elle s'en fiche : ses yeux de tempête fixent le *fils* et lui ne bouge pas. Elle est capable d'appuyer sur la détente, rien d'autre ne compte pour elle. Il veut sortir, quitter cette chambre et cette maison, ce village et ces collines, il veut sortir de ce trou où sa *mère* l'a jeté, pensant qu'il était prêt mais rien ne se passe comme il faudrait, le désastre de sa première fois le ramène à l'enfant qu'il était. Une pensée sourde le pousse à étirer ce moment, à comprendre comment cette femme ose pointer sur lui une arme, le menacer et lui donner des ordres. Sa *mère* a toujours dit qu'hommes et femmes auraient peur, qu'ils s'écarteraient sur son chemin, qu'il n'a rien à craindre dans ce monde mais qu'eux le craignent lui. Elle ne lui a rien dit des résistances, des barricades et des tornades, des refus, des passions, des fuites, non, il doit le découvrir seul et dans cette nuit sans âge un volcan fume, un geste de sa part déclencherait une folie, il retient son souffle, son corps immobile, aux aguets, cherche une issue.

– Vous êtes en travers de mon chemin, murmure-t-il.

Le canon du fusil tremble. Le doigt au chien se décale d'un demi-centimètre, mais ce mouvement suffit au *fils* pour comprendre qu'il est sauvé.

– Partez ! rugit-elle.

Il connaît cette voix. D'où vient-elle ? D'une visite, ailleurs ? D'une autre maison ? D'un rêve ou d'un cauchemar ? Le *fils* fouille sa mémoire, il l'a déjà entendue, celle-ci, pas une autre, la même, violente, encombrée par la terreur et le courage. D'où arrive-t-elle pour qu'il retrouve dans cette maison inconnue une voix presque familière ?

– Vous êtes en travers de mon chemin, vous dis-je, répète-t-il. Je ne peux pas quitter la chambre.

Il lève la main vers elle : les yeux verts quittent, un instant, la figure du *fils* et font rapidement le tour de la chambre. Mais elle ne bouge pas.

– Comment osez-vous venir ici ? Personne ne vous a appelé, ni vous ni votre *mère* ! Alors fichez le camp !

Il continue de chercher d'où vient cette voix. Elle est toujours en colère, mais plus il passe du temps près d'elle, plus elle s'habitue à sa présence. Il sent, dans ce tremblement imperceptible du fusil, que sa force se métamorphose, qu'elle veut en savoir plus, et lui aussi.

– Vous avez raison, personne ne m'a appelé. Un enfant de votre maison est venu me chercher.

La jeune femme cligne des yeux. Le vert semble moins lourd, mais toujours aussi pur. *Vivant*, songe le *fils*, sans la quitter du regard.

– Je ne vous crois pas. Comment mon neveu saurait-il que vous êtes ici ? Comment saurait-il ce que vous faites ?

– Votre neveu ? L'enfant aux yeux verts comme vous et votre mère ? reprend le *fils* en désignant, d'un signe de tête, le lit derrière lui. Il est arrivé tard, au milieu de la nuit, il a tambouriné contre ma porte.

Les paroles sortent de sa gorge comme l'eau d'un moulin.

– Il a dit que ma *mère* était déjà venue. Il la connaît, et vous aussi, visiblement. J'imagine que les choses se sont mal passées la dernière fois qu'elle est entrée dans cette maison, et c'est pour cela que vous voulez ma peau, mais vous n'avez pas bougé. Si vous voulez que je m'en aille, il faut me laisser passer.

Devant, les yeux s'écarquillent. Le canon du fusil monte jusqu'à son front. Il ne tremble plus.

– Vous parlez trop.

Avant la naissance du *fils*, la *mère* avait connu des populations ravagées par des maladies nouvelles. Elle s'était assise auprès de jeunes hommes recroquevillés dans les coins les plus sales de la ville, leur peau se détachait du corps comme d'un fruit mûr, on les entassait pour qu'ils meurent dans l'ombre mais l'ombre avait mangé les rues et ils n'avaient plus d'endroit où se cacher.

Avant la naissance du *fils*, elle avait voyagé au bout du monde : au milieu des jungles et des déserts, elle s'était nourrie auprès des familles en cercle, ses doigts pétrissaient avec ceux des femmes et des enfants des feuilles séchées, des plantes aux noms démoniaques, elle mâchait des fruits meurtriers puis elle appliquait ces pommades sur des nuques, des bras et des jambes dévorés par la fièvre. Elle avait appris le nom de chaque étoile en attendant le jour au milieu des dunes, elle s'était pelotonnée dans des huttes, étirée dans des hamacs, parfois elle dormait entourée de trois ou quatre personnes, chacune emmitouflée dans des peaux sous l'orbe des igloos.

Avant la naissance du *fils*, elle avait chevauché auprès de cavaliers en armes, couverts de fer et d'or, alourdis par le poids des uniformes et des missions. Ils décimaient le pays, ouvrant des plaies dans les campagnes, dévissant la tête des nouveau-nés, crevant le ventre des jeunes femmes. Ils l'appelaient toujours dès qu'ils quittaient châteaux et forteresses, ils la voulaient près d'eux, sa présence les rassurait, ils se sentaient enhardis, accompagnés par cette femme que tout le monde reconnaissait dès qu'elle entrait dans un village, dès qu'elle frappait à la porte d'une chaumière, dès qu'elle pénétrait les antres poisseux des maisons de passe. Avec elle, ils ne craignaient rien, pensaient-ils en riant, glorieux, embrassant des femmes qui étaient encore des enfants à l'arrière des métairies. Elle regardait ces hommes en armes et bientôt ils construiraient des bûchers, immoleraient les femmes qui lui ressemblaient, bientôt ils auraient peur, eux aussi, parce qu'un de leurs camarades tomberait de cheval, ou que le cheval deviendrait fou, perdrait la vue, ses jambes se briseraient en pleine course et les hommes, apeurés, se tourneraient vers elle.

Avant la naissance du *fils*, elle avait accompagné des hommes politiques : elle montait avec eux à l'arrière des voitures, elle se lavait dans les bains de foule, elle chuchotait dans leurs oreilles les bons mots quand les faits divers défrayaient la chronique. Elle avait été la compagne de stars du rock, d'acteurs de cinéma, de grandes chanteuses et de comédiennes qui terminaient leur vie sur scène ou dans le silence immonde des chambres d'hôpital, désertées par les fans, mais débordantes de bouquets de fleurs. Pendant quelques années, elle avait cheminé aux côtés d'un prince qui avait mis le feu à sa propre ville. Elle se tenait là, au milieu des flammes, autour d'elle les habitants hurlaient et les gardes du prince couraient, égorgeant les plus lents, pourchassant les plus rapides, elle regardait la cité tomber, elle relevait des vieillards dans les impasses, portait des enfants dans ses bras, mais son corps ne suffisait pas et la ville disparut lentement, dans les cendres et la fumée.

Avant la naissance du *fils*, elle avait été envoyée auprès d'un homme puissant, un roi discret, propriétaire d'un château biscornu au milieu d'une vallée où naissait une source qui abreuvait tout le pays. Cet homme avait une fille, née le visage cassé, les lèvres doublées, le front bombé. Son dos était arrondi par une bosse affreuse, ses pieds paraissaient deux fois trop longs. La princesse, hideuse, restait cloîtrée au château. Afin qu'elle vive comme les autres, son père avait, très tôt, engagé des serviteurs difformes. Il avait fait venir les meilleurs artisans du royaume pour sculpter dans la pierre des icônes monstrueuses. Le roi passait sa vie à rendre celle de sa fille agréable : jamais elle ne sortait du château, jamais elle ne sut que les hommes et les femmes de ce monde avaient, pour la plupart, un dos plat, deux yeux au-dessus du nez, un front moyennement large et des pieds adorables. Ses domestiques étaient nains, culs-de-jatte, aveugles, les statues étaient bossues, les enfants avaient douze ou six doigts. Avec le temps, le palais devint tout entier une bosse étrange en pleine vallée, et lorsque la *mère* fut appelée pour la fille, en entrant dans ce labyrinthe monstrueux, l'amour du père l'émut. Il vécut plus longtemps qu'elle : ainsi, l'enfant ne sut jamais que le monde était atrocement injuste. Elle disparut à quatre-vingts ans, et son père fêta, avant d'expirer, son cent quinzième anniversaire. La *mère* assista aux funérailles des deux : pour la fille, on n'invita que les serviteurs. Pour le père, il n'y avait qu'elle. Depuis longtemps le royaume avait abandonné son souverain.

Avant la naissance du *fils*, elle avait connu une famille au Fond du Puits.

Les cloches de l'église sonnent dans le hameau où trois fenêtres luisent : l'une au premier étage d'une maison ancienne, l'autre au rez-de-chaussée du presbytère et la troisième dans la chambre d'un enfant malade, fiévreux, que le *fils* sauvera une fois le jour levé. Celui-là va vivre, c'est ce qu'il a dit au prêtre, et le prêtre le croit. Sa *mère*, quand elle venait, ne parlait pas : elle daignait poser les yeux sur lui, dans les allées froides de l'église abandonnée, et se contentait de deux phrases : « Il va vivre », « Il ne va pas vivre ». Le prêtre acquiesçait. Elle ne se trompait jamais. Son *fils* prend sa place et même s'il émane de son visage des émotions humaines, franches et naïves, déjà les paroles dans sa bouche s'amenuisent, déjà la voix de la *mère*, ailleurs, le poursuit. L'enfant guérirait : la mission du *fils* se terminerait dans la matinée, et le prêtre s'était couché, rassuré.

Dans la chambre du premier étage, le *fils* parle. La tante aux yeux verts le tient en joue, elle ne bouge pas, elle ne tirera pas, c'est trop tard, si le coup de feu part il doit partir tôt, pas quand de chaque côté du canon les âmes se parlent, après cela ce n'est plus possible, mais l'arme tire entre eux un trait froid et solide qui les empêche de se toucher et les oblige à se regarder en face. Des deux trous noirs du canon des pensées viennent au *fils* : il devrait les taire mais elles montent en lui et il parle, la jeune femme lui répète qu'il en dit trop, qu'elle ne veut pas l'entendre, mais il parle, c'est interdit, sa *mère* lui a, chaque jour, expliqué son travail, il a passé des années entières auprès d'elle, dans des hôpitaux, des marécages, des domaines, sur des pistes de danse, il a passé des heures debout contre des lits en fer, sous des poches de perfusion, à l'abri d'arbres tortueux, il ne connaît rien que cela et pourtant il désobéit. Il n'a pas peur de celle qui a braqué son fusil sur lui : il craint de savoir ce que sa *mère* a fait ici, avant sa naissance.

Un soupir monte du lit : les deux adversaires tournent la tête en même temps. La vieille a fermé les yeux : de chaque côté de la bouche la fatigue étire la peau, ouvre des parenthèses profondes qui sont, d'ordinaire, celles du sourire. Son visage est sur le point de fondre : depuis des semaines elle ne fait plus la différence entre l'épuisement et la douleur. Sa mémoire, elle, est intacte : le drame, c'est de tout savoir, de se rendre compte que le temps défait le corps et que le corps défait est une barricade trouée où les souvenirs s'engouffrent.

– Le fusil n'est pas chargé, murmure-t-elle.

– Je sais, répond le *fils*.

Doucement il se retourne et les yeux verts, effrayés, cherchent une issue. Les trous noirs sont vides, la ligne de l'arme reprend son tremblement, et le *fils* attend, bien droit.

La jeune femme se retrouve seule derrière son fusil de pacotille et sa mère et le visiteur lui font face : ils savaient, tous les deux, qu'elle ne pouvait rien faire, et ils ont attendu, ils l'ont laissée s'humilier un long moment avant de rompre la nuit. Peut-être doit-elle reculer, fermer la porte à clef, prendre son neveu par la main et quitter la maison tant que le *fils* est là et qu'ils font, ensemble, la vieille et lui, leurs affaires de personnes malades. Elle garde le fusil pointé sur lui mais le canon dérive légèrement sur le visage de sa mère avant de revenir à celui, calme et serein, du *fils* immobile.

– Baissez votre arme. Vous savez qu'elle est inutile ici. Même chargée.

Elle jette le fusil par terre : la vieille, dans son lit, sursaute comme elle peut. Tout est suspendu aux lèvres de la jeune femme.

– Je veux que vous partiez, je veux que vous disiez à votre *mère* et au prêtre que je mettrai le feu au village si vous êtes encore là demain. Votre famille a fait trop de ravages dans cette maison.

Le vert des yeux devient gris et des larmes viennent crever au bord des paupières. Ses sanglots ne ressemblent à rien de ce qu'il a connu : souvent quand les gens pleurent, ils ruissellent, leurs visages sont des pays inondés et ils gardent aux paupières des traces de ces tempêtes. Cette fois, les larmes s'arrêtent, accrochées au regard, chargées d'une fatigue de vivre et d'un vif soulagement. Le *fils* hoche la tête : la femme au fusil tourne les talons et disparaît dans le couloir. Pendant un long moment, on entend la maison craquer, les meubles s'étirer, les araignées reprendre leur raffut au plafond. Puis plus rien.

– Jeune homme, je crois que cette fois c'est la bonne, dit la vieille en remuant sous ses draps. Faites ce qu'il faut. Et ne lui en voulez pas : elle a assez souffert comme ça.

Puis elle se signe, confondant la gauche et la droite, aligne les bras le long du corps, une parole inaudible atteint vaguement l'oreille du *fils* mais il a pris sa décision. La vieille a raison, il ne reviendra pas dans cette maison. Prudemment, il s'avance au bord du lit, comme faisait sa *mère* avant d'être elle-même dévorée par la vieillesse. Il s'incline et va pour effleurer la figure de la grand-mère, il sait que c'est la meilleure chose à faire, mais au moment de parler le langage des choses cachées, une voix qu'il connaît bien monte du rez-de-chaussée :

– Je sais que vous êtes ici et je crois que vous devriez descendre.

La *mère* portait aux poignets des bracelets de plumes séchées, nouées par une corde fine. À cette époque, son corps était moins lourd, son cœur moins flétri, elle se déplaçait loin et vite. On l'appelait, et d'où que vienne l'appel, la *mère* arrivait dans la journée, parfois cela tenait du miracle et quand on lui demandait « comment est-ce possible ? », elle se contentait de hausser les épaules, de fermer les yeux et de remercier ses jambes. Elle ne conduisait pas, pourtant on la voyait sortir d'une voiture, elle ne fumait pas, pourtant elle sentait le tabac, elle ne buvait pas, pourtant le matin elle avait aux joues ce rose moucheté propre aux nuits de bouteille. La *mère* ne s'essoufflait jamais, même quand on la pressait pour un cas désespéré : si on l'appelait, c'était que le cas était hors de portée des médecines habituelles. Comment prêtres et docteurs connaissaient-ils son nom ? La *mère* était le secret le mieux gardé des hommes : on savait qui elle était, on sentait sa présence avant son entrée dans une maison, on reconnaissait sa silhouette même au bord de routes désertées par la vie, il n'y avait pourtant pas d'adresse, pas de numéro, pas de boîte, rien, elle gardait pour elle son nom de famille, elle changeait de bicoque quand les curieux commençaient à s'amasser sur son perron. Dans les cas extrêmes, elle se métamorphosait : elle étirait ses membres, creusait ou gonflait sa peau, se recouvrait de terre ou de sang frais, la couleur de ses yeux changeait au fil des saisons, celle de ses cheveux attrapait des nuances inconnues et superbes, parfois elle se parait d'une beauté renversante, d'autres fois elle était si hideuse qu'on en perdait la vue. En ce monde, peu d'hommes et de femmes pouvaient l'appeler : pourtant, elle avait toujours du travail.

Elle était arrivée au Fond du Puits par un beau soir de printemps : des bergers avançaient au bord du chemin, à l'arrière de petits troupeaux encadrés par des chiens très maigres à la queue basse. Les étoiles montaient au-dessus des collines : la pluie était tombée pendant des jours, de grandes flaques rosissaient au milieu des prairies, des mouches bourdonnaient au-dessus des laines, mais déjà, dans sa jeunesse, on ne la saluait pas. Les bergers baissaient la tête sur son passage, les bêtes sursautaient de côté, la nuit venait plus vite et elle se dépêchait d'effacer ses traces, de quitter le chemin pour rencontrer, enfin, une âme qui veuille bien d'elle.

Le prêtre attendait au dernier virage. C'était sa première paroisse et cela se voyait sur son visage : il portait deux fossettes comme des signes ostentatoires de joie idiote, son habit tombait, trop large, sur un corps rendu athlétique par la marche et la méditation. Il avait, à ce moment-là, le visage d'un homme qui croit en Dieu mais ne prie pas, et quand la *mère* s'était arrêtée, il avait approché sans crainte, avançant les bras pour l'embrasser, comme s'il retrouvait une vieille amie. Elle s'était laissé faire, abasourdie par ce geste, personne ne la touchait jamais, et quand elle effleurait du bout des doigts le corps d'un homme vivant, c'était pour entendre en lui la langue des choses cachées.

– Vous savez qui je suis.

Le prêtre avait souri.

– Vous êtes celle que j'ai appelée et vous êtes arrivée bien vite. Suivez-moi.

Ils avaient marché en silence, côte à côte, de loin on aurait dit deux amis ou le frère et la sœur, occupés à des affaires quotidiennes. Leurs silhouettes cheminaient rapidement : le prêtre marchait légèrement en avant, prenant le chemin le plus court jusqu'au pont. Ils croisèrent deux enfants en retard de retour de l'école, un vieillard qui poussait une mule aussi âgée que lui et des femmes qui revenaient de l'église, habillées sobrement, silencieuses devant la *mère* qui les salua. Les femmes répondirent discrètement, cela étonna l'étrangère. Ici, on la craignait moins qu'ailleurs.

– Je dois vous dire une chose : tout le village est au courant de votre venue. Nous ferons vite. Il s'agit d'une famille qui habite dans les maisons basses.

– Je sais, souffla-t-elle. Emmenez-moi chez ces femmes.

Le prêtre s'immobilisa au milieu du pont.

– Ces femmes ?

– C'est une famille où il n'y a plus que des femmes, non ? répondit-elle, presque agacée.

Le prêtre secoua la tête.

– Ce n'est pas si simple.

Puis il reprit sa route, la *mère* sur ses talons. Au-dessus d'eux, les étoiles disparurent une à une.

La grand-mère garde les yeux clos. Elle n'a pas entendu l'homme qui appelle, en bas de l'escalier. Une rage à nulle autre pareille traverse le cœur du *fils*. Il respire longuement, on ne doit pas le perturber, on ne doit pas l'empêcher de faire son travail parce que ce travail donne au monde son équilibre, sa force et sa faiblesse. Ce travail – sa *mère* dit que c'est un métier comme un autre et qu'il n'y a pas de mot mieux trouvé pour définir ce qu'ils font – permet aux familles de résister aux secousses du temps et du sol, il inspire les romanciers, les pasteurs et les sorcières, il déterre les vieilles histoires et enfouit celles qui ont besoin, encore, de mûrir. Mais si quelqu'un trouble le processus, si une voix recouvre celle des choses cachées, alors le *fils* sent trembler un autre monde, plus violent, plus noir, un lieu d'horreur.

Le *fils* attend que la vieille ouvre les yeux, mais ça n'arrive pas. L'escalier grince : il ne faut pas qu'on le voie, ici, avec ses mains au-dessus de ce corps fatigué, avec sa bouche si près de ces oreilles qui n'entendent plus que des murmures. Dans son cœur, la rage s'évanouit : il pense comme le lui a appris sa *mère*. Changer de visage, répondre et revenir au travail quand le reste du monde est couché dans des rêves idiots. Les braves gens ne voient pas comment sa *mère* et lui travaillent, ils ne doivent pas assister à cela.

– Vous ne devriez pas être ici, ce n'est pas pour elle que je vous ai fait venir au Fond du Puits.

Sous le regard fâché du prêtre, de lourdes traces mauves tirent sa figure. Le *fils* acquiesce, la rage s'évanouit aussi vite qu'elle était montée : l'homme d'Église a raison, sa *mère* a raison, il n'aurait jamais dû venir ici, ni rester si longtemps. Il descend l'escalier, au milieu duquel son compagnon l'attend comme une maîtresse d'école. Le *fils* lui emboîte le pas, à l'étage plus un bruit, l'enfant et sa tante ont disparu. Ils quittent la maison en vitesse : le prêtre connaît le chemin, mais en passant devant la porte à la serrure comblée, le *fils* est propulsé au sol.

Les cris traversent son corps comme des lames, il se tord, cogne sur son crâne pour qu'ils sortent, mais ses pauvres mains sont inutiles. Les hurlements qu'il a déjà entendus sont pires cette fois-ci : ils l'attaquent, le soumettent, il essaye de se lever, tente d'atteindre la poignée, mais dès qu'il fait un geste sa tête résonne si fort qu'il en perd l'équilibre. Il croit appeler au secours mais aucun son ne sort de sa bouche : devant lui le prêtre avance, il n'a pas vu le *fils* tomber, il n'imagine pas que cela puisse arriver.

Alors le *fils* cesse de gesticuler et se laisse remplir : les hurlements redoublent de terreur, il n'a jamais entendu cela, une telle douleur. Épouvanté, il cherche dans son âme le cœur à qui appartiennent ces cris, il fouille en lui-même, il retourne ses souvenirs, il inspecte le futur, et tandis que le vacarme lui martèle le corps, il croit déceler, tout au fond de la nuit, un indice, une trace qui l'amène, à travers la souffrance où chaque mot meurt de bruit et de fureur, vers un visage qu'il peine à discerner. Le *fils* est recroquevillé devant cette porte condamnée mais la langue des choses cachées trouve un chemin jusqu'à lui : il le sait, il a déjà rencontré celui ou celle qui hurle dans son oreille. Il retient son souffle, creuse son ventre, s'abandonne entièrement à la douleur des hommes et les contours deviennent plus précis. Il sait qu'il va savoir et reste ainsi, prostré, animal battu sur le paillasson, il doit quitter sa place et prendre celle des bêtes qu'on pense débiles mais qui savent écouter aux portes et renifler les serrures. Il attend, meurtri, que le miracle ait lieu.

C'est elle.

Tout à l'heure, tandis que la nuit effaçait les contours des basses collines, en arrivant dans cette maison il a entendu la voix, sans comprendre d'où elle lui venait. Il est passé devant la porte condamnée, les hurlements sont entrés dans son oreille comme une horde, tout ce qui a eu lieu dans cette chambre s'est écrasé contre son cœur et dans ce déferlement il n'a pas compris de quel corps, de quelle âme, cette voix surgissait. Maintenant il sait. Enfin, il croit savoir.

La jeune femme au fusil.

Le prêtre se tient courbé au-dessus du *fils*. Ses mains attrapent ses épaules, les pressent, passent du dos à la nuque pour réchauffer ce jeune homme – *cet enfant*, pense-t-il en le voyant – tremblant de tous ses membres, devant cette porte fermée. L'homme d'Église, dévoré d'inquiétude, prie en silence : lorsqu'un adulte est souffrant, on appelle la *mère* ou maintenant son *fils*. Lorsque la *mère* ou son *fils* est souffrant, on s'en remet à Dieu.

– Qu'avez-vous ? Répondez-moi ! Répondez-moi !

L'âme du jeune homme est saccagée par un passé qu'il peine à comprendre : quand il a approché son visage et ses mains de la grand-mère, à l'étage, aucun drame n'est venu secouer, une dernière fois, le corps fatigué aux yeux verts de jungle. Il n'a senti qu'une douceur diffuse, un long chant d'amour et de tendresse pour cette maison et ceux qui l'habitent. Il semble qu'ici elle n'ait jamais levé la main sur sa fille ou son petit-fils, qu'elle ait accompagné jusqu'au bout son époux. En approchant son visage du sien, il a été surpris de ne pas sentir flotter près d'elle l'odeur habituelle des mourants. D'ailleurs, dans toute la maison, un fond de lavande traîne aux murs et au-dessus du parquet, monte des tapis et des moquettes. La vieille n'a pas encore disparu et elle ne le souhaite pas : rien dans cet endroit ne demande son départ, mais en bas cette chambre est une plaie infectée, elle suinte la douleur et la violence, les forces du passé sont réunies et punies, enfermées, jetées au placard, mais ces forces-là ont des voix impossibles à faire taire. Ici, on a tenté d'étouffer des plaintes, de calmer des secousses, de domestiquer le chagrin. Tout cela lui attrape le corps – il n'est pas préparé à une telle déflagration.

Quand il sent les mains du prêtre serrer chaudement ses épaules, la tempête se déplace et il ouvre des yeux terrifiés. Il fixe la porte, certain qu'un démon est caché là, mais rien ne bouge. Puis il tourne son regard : il croise celui du prêtre. La soutane effleure son visage, la chaleur d'un homme vivant le recouvre, apaise la tornade. Les hurlements paraissent de plus en plus lointains : il les entend toujours et ces cris le déchirent, mais un couvercle se referme sur eux. La voix de l'homme d'Église les étouffe. Le *fils* se relève, agrippé au bras de son compagnon, il déplie son jeune corps martyrisé par des souvenirs qui ne sont pas les siens.

– Qu'est-il arrivé ? Comment vous sentez-vous ?

– Comme quelqu'un qui essaye de comprendre ce qui s'est passé ici, souffle le *fils* en tournant son visage vers la porte.

Il avise la serrure.

– Pourquoi avoir condamné cette pièce ?

Le prêtre tapote le dos de sa main : sa paume est chaude et sèche.

– Nous devrions partir d'ici, dit-il en le tirant doucement vers la sortie, vous n'avez pas dormi et le jour va se lever. Vous avez pris du retard dans votre travail et j'ai une église à ouvrir.

Le *fils* reste planté là, comme un épi de blé dans un pot à parapluie.

– Vous étiez là, murmure-t-il, les yeux fixés sur la serrure. Vous étiez là quand les hurlements ont commencé.

La *mère* se déplaçait uniquement là où les médecins n'allaient plus. Parfois, elle se rendait en ville, mais les spécialistes la poussaient dehors, elle n'avait pas sa place dans les hôpitaux colossaux. Les couloirs se ressemblaient tous, elle s'y perdait et personne ne prenait la peine de la guider dans les étages. En ville, on n'avait pas besoin d'elle, la langue des choses cachées était enfouie sous d'autres mots, plus métalliques, coupés aux médicaments, alourdis par la paperasse. Il arrivait encore qu'on lui demande de venir dans un appartement étranglé entre deux nouveaux immeubles, ou au dernier étage d'une ancienne maison bourgeoise reconvertie en foyer ou en maison de retraite. Dans ces moments-là, elle voyait à quoi ressemblaient les villes avant qu'elles ne deviennent des mégalopoles où les gens comme elle ne pouvaient pas travailler. Ses mains avaient besoin de temps, son âme était constamment troublée par les hommes et les femmes qu'elle rencontrait, elle dormait beaucoup. La ville, elle, ne dormait jamais. Petit à petit, plus le monstre de goudron étalait ses pattes, moins on l'y appelait, elle en était soulagée et cela lui laissait du temps pour explorer les revers du pays, les sous-bois, les grottes et les lieux-dits. Là, on avait besoin d'elle ; on craignait sa présence, les volets claquaient sur son passage, mais elle rétablissait l'équilibre entre les bêtes et les hommes, la langue des choses cachées rugissait dans son oreille et rien ne pouvait la faire taire.

Dans les rues du Fond du Puits, les maisons chuchotaient, les arbres caressaient d'autres arbres et les hommes, aussi violents qu'ailleurs, exerçaient leurs pouvoirs comme des enfants gâtés qui se heurtent à la réalité du monde sauvage. Cet endroit lui plaisait.

– Vous pensez certainement qu'il ne faut pas aimer vivre pour vivre ici, souffla le prêtre en s'enfonçant dans le labyrinthe des ruelles.

Derrière lui, la *mère* secoua la tête.

– Je pense que tous les lieux méritent d'être habités.

Puis elle ajouta :

– Mais pas par n'importe qui.

Le prêtre sourit. Elle était à la hauteur de sa réputation, et même s'il l'avait appelée pour une affaire grave, il se sentait bien à ses côtés. *Un nouveau visage, au Fond du Puits, ne fait jamais de mal*, pensait-il.

Ils bifurquèrent à l'angle de l'église, puis passèrent l'ancienne usine et prirent une allée si étroite que deux enfants n'auraient pu s'y croiser. La *mère* imagina qu'un beau jour les maisons seraient si serrées les unes contre les autres que le passage deviendrait un trou à rats, un raccourci d'araignée, au-dessus de sa tête elle sentait les murs se rapprocher dans la nuit et elle pria pour que personne ne se trouve ici quand ils choisiraient de se lier à jamais. Au Fond du Puits, les maisons semblaient plus vivantes que leurs propriétaires.

Ils s'arrêtèrent devant une porte d'un rose jadis éclatant, que le soleil et la pluie avaient grisé.

Le prêtre cogna deux fois : quelqu'un s'agita derrière l'huis, on entendit des pas, furtifs, remonter le couloir, puis la clenche cliqueta dans l'ombre.

Une femme d'un âge incertain leur ouvrit : ses grands yeux verts animaient son visage, elle était longue, solide, ses mains étaient déjà mangées par des taches brunes comme des plantes aquatiques, mais elle avait sur la figure un air doux, parfaitement calme, qui émut la *mère*.

C'était une maison sans enfant, bien rangée, aux murs correctement tapissés, aux armoires géantes. Le couloir de l'entrée jusqu'à l'escalier sentait la cire et la lavande : de grands épis jaunes remplissaient un pot à parapluie. On devinait après l'escalier une petite cuisine au carrelage blanc, aux tiroirs usés, dans l'évier aucune vaisselle sale n'attirait les mouches, l'horloge ne tintait pas, la fraîcheur mordait la nuque et les jambes. Les lumières, sur pied de métal, allongeaient le couloir : un tapis brun couvrait l'escalier, pour étouffer le bruit des pas. La rampe avait été nettoyée récemment, elle brillait dans la pénombre. Aucun portrait n'ornait le dessus des meubles, aucune photo de famille n'avait été accrochée aux murs. Le plancher, à cette époque, ne grinçait pas. La *mère* pensa, en suivant le prêtre et son hôte, *voilà une maison où il fait bon vivre*, puis ils s'étaient tous les trois arrêtés devant une porte fermée. Soudain, la *mère* avait senti en elle une corde se tendre, la cire de la rampe, l'odeur de lavande, les meubles dépoussiérés quittèrent sa mémoire et toute son attention se porta sur la poignée. Quelqu'un attendait, derrière, qu'elle vienne. Le prêtre lui jeta un coup d'œil, elle hocha très légèrement la tête et ils entrèrent, derrière eux la femme qui les avait accueillis suivait sans un mot.

La chambre du bas donnait sur la rue : ça aurait pu être une salle à manger, ou un dortoir pour enfants tant la pièce paraissait longue et large. De l'extérieur, on n'imaginait pas qu'une maison si basse puisse abriter chambre si grande. Deux fenêtres ovales ouvraient sur une impasse déserte. Là encore, l'odeur de fleurs imprégnait les draps, les miroirs, les fauteuils. L'ameublement jurait avec le dénuement du couloir. Des tapis à double épaisseur recouvraient une tomette ocre, ancienne, sa couleur ricochait sur les murs. Un long bureau occupait tout un pan de la pièce, il débordait de livres, de crayons, de grandes feuilles à dessin, certaines vierges, d'autres pleines. Deux armoires meublaient l'entrée, à droite de la porte. Elles grinçaient sur leurs pieds, regorgeant de draps, de couettes, de traversins et d'édredons. De chaque côté du lit, des tables de chevet, aussi larges que des commodes, remplissaient l'espace du fond et les oreillers paraissaient si grands qu'en les rehaussant on aurait effleuré le plafond. Autrefois, la *mère* avait été envoyée dans des palais où les chambres des princes ne rivalisaient pas avec celle du Fond du Puits.

Contre les immenses oreillers, une jeune femme – elle n'avait pas vingt ans – au visage blanc de fièvre gardait la tête tournée sur la droite, comme si son cou ne supportait pas le poids de ses peines. Derrière la *mère* et le prêtre, la porte fut refermée : celle qui avait ouvert s'était gardée d'accompagner les visiteurs. Personne ne devait voir ce que la *mère* faisait, de crainte de rompre des sortilèges anciens, et jamais elle n'avait démenti, préférant rester seule au chevet des malades.

Le visage était frêle et la chevelure emmêlée. Des nœuds bruns, épais comme des cordes, tombaient sur des épaules couvertes d'un linge noyé dans la sueur. Autour des oreilles, la transpiration tachait les tissus pourpres. Malgré tout, la malade gardait les yeux ouverts, fixant les lucarnes où la nuit s'engouffrait, noire et fraîche, interminable entre les basses collines.

– Est-ce que vous m'entendez ? dit la *mère* d'une voix qui surprit le prêtre.

Quelque chose en elle avait changé : auprès des âmes fragiles elle se métamorphosait. Ses paroles semblaient moins dures, sa voix plus haute, son corps presque réconfortant. La jeune femme acquiesça faiblement, entrouvrit les lèvres puis soupira. La *mère* parut satisfaite.

Elle avisa le fauteuil près de la fenêtre, s'assit en prenant soin de ne pas abîmer le revêtement de velours. Ainsi, elle se trouvait face au regard perdu. Elle eut le temps d'admirer le vert intense de ces yeux, elle vit comment, à sa naissance, ces deux billes couleur d'arbre avaient époustouflé ses parents. C'était une maison où l'on parlait peu car toute la vie et son langage passaient dans ces entailles au milieu du visage, qui brillaient comme des pierres et s'éteignaient dès qu'on tentait de les percer. La *mère* vit dans ce vert celui de la femme du couloir, ainsi on les reconnaissait au village, de génération en génération, et ce regard obligeait chaque membre de la famille, il fallait être à la hauteur d'une telle figure. Même dans la maladie – ou dans ce que les pauvres gens appelaient la maladie –, ce vert d'étang et de forêt étincelait, éternellement vivace, au-delà des vies humaines et des couleurs habituelles de ce monde. Plus la *mère* auscultait cette âme, plus elle sentait la profondeur du fleuve qui la traversait s'ouvrir sur son passage : la jeune femme secoua la tête, tenta de se dégager de ce regard qui ne la quittait pas, mais chaque fois qu'elle ouvrait les yeux, la *mère* semblait plus proche, dévorante d'assurance, assise dans son fauteuil comme si elle avait toujours vécu là, à l'angle de cette chambre.

– Votre mère m'a appelée. Est-ce que vous savez qui je suis ?

Elle acquiesça de nouveau.

– C'est bien. Je sais que vous souffrez, et je sais aussi que vous n'êtes pas malade.

Quand ils quittent la maison, le prêtre soutient le *fils*, qui marche doucement, cramponné à l'homme d'Église. Il se tient légèrement tordu sur lui-même, comme si les hurlements avaient modifié la surface du sol, ses cheveux clairs ont terni, la nuit lui paraît interminable. Son compagnon le porte jusqu'au presbytère. Il connaît par cœur le labyrinthe des ruelles, ses pas le guident à travers des allées si ténues que le *fils* est pris d'hallucinations. À chaque angle il voit surgir des hommes aux yeux crevés, là un enfant s'échappe mais quand il tourne la tête un reste de corde pend à son cou, là encore deux jeunes filles aux nattes imbibées de sang. Il entend des cavalcades, des sabots de chevaux lancés à toute allure sur le pont des pendus, il croit entendre des maisons s'écrouler, des familles entières brûler sous les étoiles, il se sent tomber dans le torrent, son corps pèse lourd. Sans le bras solide du prêtre il serait allongé au Fond du Puits, défait, vaincu par ce village, par celles et ceux qui le hantent horriblement, avec cette vivacité des jours sans espoir. Les deux familles, celle de l'homme aux épaules rouges et celle de la femme au fusil, le renversent, sa *mère*, elle, aurait tenu, ça n'aurait pas duré si longtemps, mais lui, gentil comme un enfant qui se croit un homme, il chancelle. Dans sa mémoire défilent des siècles de métamorphoses : quand il secoue la tête des bergers se transforment en chevaliers, des petites filles vieillissent de soixante ans en une seconde, tout est déréglé.

– Nous y sommes presque, dit le prêtre.

La cloche de l'église résonne et le village tremble : soudain, dans l'âme du *fils*, les images disparaissent, il n'y a plus un son sinon celui de ce tocsin, qui appuie sur son cœur et souffle dans ses poumons. Cinq coups emplissent les ruelles et balayent dans son crâne les traces de sa faiblesse : il est venu au Fond du Puits pour traiter le cas d'un enfant malade, et cet enfant vivra, il en est certain. Mais le *fils* ne doit pas se mêler du passé, des affaires de sa *mère*, des vieilles affaires de sa *mère*. Il ne doit pas non plus mettre ses forces dans la chambre d'une vieille dame sur le point de disparaître. Cette nuit est une catastrophe : il a encore quelques heures pour rattraper ses maladresses. Il s'appuie un peu plus fort sur le bras du prêtre et délicatement déplie ses épaules, dépoussière ses mains, ajuste son dos. Il n'est pas encore rétabli mais sa douleur est passée dans le son des cloches, elles l'ont engloutie.

Le prêtre pousse la porte, la chaleur de l'âtre ravive le visage du *fils*, par la fenêtre un début d'aube se lève. Les deux hommes s'assoient côte à côte : devant eux la cheminée parle sa propre langue.

– Que vous est-il arrivé devant cette porte, tout à l'heure ? demande l'homme d'Église sans quitter les braises des yeux. Vous aviez l'air de souffrir atrocement.

Ce *fils* fragile est mauvais signe : sa *mère* et lui rétablissent, depuis toujours, l'équilibre du monde. Ils ne tombent pas.

– Je ne le sais pas moi-même.

– Vous n'auriez pas dû suivre cet enfant, votre *mère* n'aurait jamais fait une chose pareille.

La honte s'empare du *fils* : toujours elle et lui seront comparés, il n'est pas à la hauteur de ses pouvoirs. Il apprend, et son apprentissage passe par l'humiliation que son sang lui inflige. Trop jeune, trop doux, trop inexpérimenté. Il vient pour un enfant et chute dans l'escalier d'une vieille dame.

– Vous me dites des choses que je sais déjà, grogne le *fils*.

– C'est mon métier.

Un léger, très léger sourire chasse la honte. Il oublie que son compagnon a trois fois son âge, qu'il connaît le Fond du Puits comme les rats connaissent les pires endroits des capitales, qu'il sonde, chaque jour que Dieu fait, les âmes du village, et surtout qu'il a connu sa *mère*, à deux reprises, dans la même maison.

Le *fils* se lève et remue les braises chaudes. La pièce sent la fumée, une odeur de vieux plancher accroche ses narines.

– J'ai entendu des hurlements dans cette pièce condamnée, des cris terribles. Vous savez tout de ce village, et comme je vous l'ai dit, je crois que vous étiez là quand ces hurlements ont eu lieu.

Vous étiez là pour tous les drames de ces cinquante dernières années, je sais bien des choses de ce monde, mais vous en savez encore plus sur le Fond du Puits. Je partirai aujourd'hui, le soleil se lève, et l'enfant pour qui je suis venu vivra. Mais avant, vous devez me dire pourquoi, tout à l'heure, vous avez été capable de passer devant cette porte sans être terrassé. Vous avez été plus fort que moi. Vous n'êtes pas tombé.

Dans son dos, le prêtre soupire.

– Quand votre *mère* est venue dans cette maison, il y a quelques années, j'étais avec elle.

Il y eut dans le noir deux éclairs bleus au-dessus du Fond du Puits. La *mère* avait parlé : derrière la porte l'autre mère écoutait. La fille, alitée, la voilà prise au piège, avec cette fièvre au front, avec cette fièvre au ventre qui partout ailleurs portait un autre nom. La *mère*, près du lit, vigilante et tenace, retenait chaque mouvement – aux vivants imperceptibles mais elle était plus que cela et on l'appelait pour reconnaître ces gestes invisibles – des mains, des doigts, des poignets. Chaque frisson sur la courbe des oreilles, chaque tremblement du front, des paupières, des lèvres. Chaque lueur qui passait dans l'œil, elle attendait que l'autre, dans son lit prisonnière, abdique, pour prendre une décision.

La fausse malade jeta sur elle un regard où douleur et colère faisaient union : ce regard remplit la chambre, la *mère* s'en trouva heurtée, elle pensa, un instant, s'être trompée – mais non, c'est impossible, elle ne se trompe jamais. Les médecins oui, les infirmières aussi, les vétérinaires, les professeurs, même Dieu se trompe mais elle non – alors elle soutint cette fièvre qui inondait au-delà des draps bien serrés, des oreillers étouffants, du fauteuil, elle ne cillait pas, pleine de son pouvoir, son immense pouvoir qui effrayait hommes et femmes, enfants et bêtes, vieillards et nouveau-nés. Un court instant elle pensa que sa patiente ne céderait pas : dans ce cas la maison prendrait feu.

– Je ne dis pas que c'est votre faute, ni que vous avez menti. Mais vous n'êtes pas malade, pas vraiment, n'est-ce pas ?

La jeune femme soupira. La maison ne prendrait pas feu. La colère redevint une ombre et la *mère* avança le buste, pliée, son visage à hauteur de figure, elle tendait le cou comme un cygne.

– Je ne suis pas malade, mais j'ai si mal, souffla-t-elle, les yeux descendus sur son ventre.

– Vous avez mal de chagrin. C'est la vraie douleur.

Elle acquiesça et soudain elle eut l'air d'une petite fille à qui l'on permet de rater la classe. La *mère* avança la main : oui, c'était du chagrin lourd comme une deuxième vie qu'on sait vouée au drame, aux questions sans réponses car les réponses seraient si dures à entendre qu'on préférerait se crever les oreilles plutôt que de savoir d'où l'on vient.

La *mère* avança encore la main : l'autre ne bronchait pas, elle semblait vidée de tout sauf de l'essentiel. Le souffle courait dans son corps, cela la *mère* le sentait, il n'était pas question qu'elle soit punie autrement que par ce qui avait lieu depuis déjà plusieurs semaines.

– Qui a causé ce chagrin ? demanda-t-elle, détournant cette fois-ci le regard.

La jeune femme la saisit au poignet.

– Comme vous savez tout, vous le savez bien.

– J'ai besoin de vous l'entendre dire, répondit la *mère*, doucement, pour calmer de nouveau la colère partout dans la pièce.

La presque-malade cherchait dans la figure fermée de cette femme sans âge – c'est de cela que sont faites les légendes – une trace de sa décision.

– Il a des épaules rouges.

Alors la *mère* soupira. Le passé de sa patiente éclaboussa la chambre en colère, alourdie par le chagrin que les hommes, au Fond du Puits, infligeaient aux femmes depuis des milliers d'années. Elle vit les épaules rouges trembler au-dessus d'un corps qui tremblait plus encore d'être écrasé par cette bête au sexe humain, terriblement humain. La *mère* secoua la tête pour laisser tomber l'image et permettre à la suivante de l'envahir, cela se passait ailleurs, pas dans cette maison, un autre endroit, sur une table usée par le viol et la mauvaise mangeaille, il grondait, encore et encore, une main sur sa bouche, l'autre immobilisant les deux poignets, les épaules rouges aux muscles suintants, les taches de vin sur le corps et la table, le chagrin béant d'être ainsi jetée là. *Elle n'est pas malade*, pensa la *mère* en rouvrant les yeux, *mais les hommes comme lui le sont.*

L'odeur du feu tiède a tout imprégné : le *fils* en est recouvert. Ses cheveux sont gris, à présent. Sa peau, enveloppée par la nuit, les cendres et les bras solides du prêtre, n'est plus celle d'un jeune homme. Devant cette cheminée où ne brille aucune flamme, il a vieilli. En écoutant l'homme d'Église, son corps craque, ses membres se déplient, sa chair durcit. Il se transforme en mauvaise viande, comme sa *mère*. Dans quelques années, il aura les mêmes rides au front, les mêmes lignes de fatigue autour de la bouche et du nez, son dos sera fouetté par le vent et les cornes des troupeaux, ses mains auront travaillé, touché, gardé, ses mains auront donné et retiré des forces. Ce soir, au Fond du Puits, il est encore un peu jeune. Mais c'est la dernière fois : quand il saura, enfin, il sera tout entier le *fils* adulte de sa *mère*.

– J'avais appelé votre *mère* pour une femme malade, continue le prêtre en lissant du plat de la main la pauvre nappe. Dans cette maison où nous étions ce soir, à l'époque ne vivaient que la mère et la fille. La mère est bien vieille, à présent, vous l'avez vue. La fille n'est plus la jeune femme que votre *mère* a connue.

Le *fils* hoche la tête.

– Et l'enfant. Quand est-il arrivé là ?

Le prêtre fait un geste de la main derrière l'oreille.

– Le garçon est gardé depuis presque cinq ans par sa tante et sa grand-mère. Le frère l'a amené un jour, prétextant un nouveau travail lointain, il n'est toujours pas revenu.

Le *fils* hausse les épaules. Il sait ce que c'est, ces enfants qu'on met au monde, qu'on jette plutôt, comme s'il s'agissait de chiots ou de chatons. Celui-ci est bien tombé : son père l'a laissé aux femmes, et les femmes le laissent à la nuit. Quand l'enfant est venu le chercher, le *fils* a pensé que c'était celui de la femme au fusil. Et il peine à imaginer celle-ci malade. Sa *mère* a bien fait son travail, jadis : elle est en colère, et en pleine forme.

La pièce paraît moins sombre : dehors, une aube fragile pousse les ombres de l'autre côté de la colline, on les voit se battre à flanc pelé et vide, cette lumière pâle et cette nappe bleu et noir poussée derrière l'horizon. Le visage du prêtre est moins fermé, celui du *fils* plus sévère.

– Le jour se lève, dépêchez-vous, parlez-moi, souffle ce dernier en s'agitant.

– C'est une longue histoire.

Le *fils* soupire : il tente de voir, il convoque le passé mais celui de sa *mère* est plus difficile à atteindre, pas comme celui des hommes et des femmes d'ici. Il suffit d'entrer dans leur maison et tout apparaît : la vie entre les basses collines se lit partout, dans les pierres du pont des pendus, fendues et pleines de mousse, dans les rainures des tables, dans les moquettes usées et les planchers pourris, dans les clôtures mangées par le soleil et la pluie. En arrivant, le *fils* pensait la mission facile, l'enfant dans sa chambre, il le croyait malade des poumons, mais l'aube est presque dans l'église et il sait que c'est autre chose. Il lit que cet endroit engoncé entre deux presque-montagnes ressemble, pour les hommes d'ici, à un bord de falaise : vivre là c'est être poussé dans le vide à la moindre secousse. L'enfant malade est une merveille dans cette auge ; son père, la brute aux épaules rouges, est perdu dans la saleté, étouffé par sa violence, il s'agrippe à la beauté de son enfant mais ses mains glissent, son amour est mauvais. Alors, dans cette autre bâtisse où la vieille dans son lit est restée digne, droite, où le fusil sans cartouches est le seul rempart entre deux mondes, où un autre enfant est protégé par deux femmes solides, il sait bien que c'est une longue histoire qui a eu lieu, il sait bien que sa *mère* fait partie du paysage, il devine qu'elle est peut-être le personnage principal, il sait bien qu'il doit partir mais il a besoin d'entendre.

Tout le temps que dura la vision de la *mère*, le prêtre se tenait là, dans un coin, absolument absent, essayant comme lui avait appris Dieu de n'être qu'une oreille, qu'une bouche, qu'un cœur et rien d'autre, oui, un cœur, immense et plein d'un langage proche de celui de la *mère*. Un langage qui se tait pour mieux comprendre, qui s'oublie pour mieux savoir, un langage amplifié de gestes invisibles, de légendes lourdes et scintillantes. Tout cela emprisonné dans son cœur d'homme d'Église : à ce moment-là, il aurait tant voulu s'y pelotonner, dans son église, s'y planquer. Il pressentait, l'œil rivé aux mains de la *mère*, qu'une chose terrible était sur le point d'avoir lieu. Que cette femme, dans son lit et dans son état – on lui avait appris ce terme, son « état » –, luttait avec ses pauvres moyens pour retarder le plus possible cette chose terrible.

Il était là – pour la première fois il aurait aimé être ailleurs.

– L'homme aux épaules rouges sait-il que vous êtes ainsi ? demanda la *mère*.

Le prêtre frissonna : elle jeta sur lui un regard rapide qui ordonnait le silence. Elle connaissait la réponse, elle connaissait toutes les réponses mais elle posait, quand même, les questions, pour mieux comprendre celles et ceux qu'elle accompagnait. Elle débroussaillait le chemin sous ses pieds, elle avançait, louvoyait, avec son langage si proche du sien, plus fort, plus dur et plus cruel que celui des hommes qui ne savent rien des autres mondes. Il attendait que les dernières phrases soient prononcées : après, l'horreur aurait lieu, il en était certain, pourtant sa place n'était pas d'empêcher, mais de voir. Car il savait que cet instant, après le passage de la *mère*, serait cent fois revisité, réinventé, toujours dans la même cruauté et le même silence, cent fois rafistolé, réparé, rejoué, réanimé, toujours avec le même soin de destruction et d'ivresse égoïste, il était là pour apprendre à éteindre les grands feux furieux que ces moments, tous identiques, allumeraient dans le cœur pourri des hommes et le cœur brisé des femmes. À l'angle d'une chambre trop grande pour les quatre personnes qui l'habitaient, il était un bon élève, sanglé dans sa soutane, protégé par sa couleur, son âme hurlait, Dieu lui tenait la main et soufflait dans son oreille qu'au Fond du Puits on aurait besoin de lui et qu'il finirait ses jours ici.

La jeune fille hoqueta une réponse. La *mère* jouait des doigts au-dessus du drap, parcourant les bosses des genoux, des coudes, du ventre et de la poitrine.

– Vous allez vivre, dit-elle d'un ton assuré, sans regarder sa patiente. Vous allez vivre et vous aurez encore du chagrin.

Le prêtre devint fébrile : ses yeux cherchèrent ailleurs, sur les murs, au plafond, sous la poignée, dans les rayures du fauteuil et les stries de la fenêtre, un trou de souris, un chemin caché, un moyen de s'enfuir, de ne pas être témoin. Il comprit, avant la patiente.

La jeune femme soupira doucement ; elle n'était pas malade, mais elle vivrait. L'homme aux épaules rouges avait eu son corps mais pas le reste. Il faudrait, à l'avenir, y penser encore, vivre dix, cent fois ces moments, dans cette maison qui n'était pas la sienne où il l'avait prise comme on arrache à la terre un arbre jeune aux branches douces. Il faudrait devenir plus solide, pour le terrasser, enfin, pour qu'il bascule par-dessus le pont, pour qu'il cesse d'être ce diable du Fond du Puits. Mais en attendant de trouver en elle cette force vive, elle vivrait. Un pincement qui ressemblait à un début de sourire vint métamorphoser son visage, la *mère* n'y prêta aucune attention. Dans son coin le prêtre s'agitait alors qu'il n'aurait pas dû, mais il était si jeune, il redoutait les prochains gestes, il haïssait ce langage qu'il avait, lui aussi, appris, ce langage des choses cachées, terrible et mystérieux, il préférait ne rien savoir de ces paroles et de ces sentences, il désirait, plus que tout, être sourd à ces appels et ces nuances. La *mère* avait déjà commencé son œuvre : il devait voir, s'en souvenir, et répéter peut-être les mêmes phrases aux mêmes jeunes femmes dévastées par un homme idiot et dévorateur.

Soudain, les mains de la *mère* effleurèrent le drap. La patiente sursauta : le sourire s'évanouit.

De son poste, le prêtre fixa son attention sur les doigts, ramassés, qui peu à peu appuyèrent à l'endroit où le ventre formait une basse colline, les phalanges faisaient des clôtures et les ongles des sentiers, il attendait que la jeune femme comprenne ce qui était en train de se produire mais elle était hébétée, surprise par ce geste nouveau. Malgré le drap entre la paume de la *mère* et sa peau, une chaleur inconnue l'atteignit, l'irrigua, et puis, dans un tremblement profond, d'abord sourd, puis remuant, ruisselant et révolté, la douleur vint, la vraie.

Le prêtre raconte que les cris ont résonné dans le village, qu'ils sont montés entre les collines, si forts, si puissants, et les hurlements de la jeune femme lui ont déchiré le cœur, il dit qu'après ce jour il a gardé à la poitrine une béance où les hurlements sont enfermés. Les nuits de longue réflexion, il ouvre un peu son âme, très délicatement, comme il a appris, et le murmure se propage, il se souvient de tout, des mains de la *mère*, du visage de la fille et du mince sourire évanoui dans l'arrivée de la souffrance.

Il dit qu'il a vu ce qu'il y a de pire, depuis qu'il vit ici, ce jour-là, dans cette chambre, coincé dans l'angle, les yeux secs de frayeur et le cœur décousu, il n'a pas supporté. Dieu désertait le monde des hommes en claquant la porte, les lumières dans les autres maisons restaient muettes, personne n'est venu, tout le monde entendait, oui, il dit que c'était impossible de ne pas être agrippé par cette douleur infinie, elle luttait, seule sous son drap trempé. Toutes les voix de toutes les femmes du Fond du Puits, depuis mille ans, gonflaient la sienne, il dit qu'il n'a jamais rien entendu de tel et que seul un humain qui connaît la langue des choses cachées peut survivre à ce raffut de douleur. La *mère* l'a obligé à rester jusqu'au bout : il s'est senti son élève, le *fils* n'existait pas encore à cette époque, alors elle a donné une leçon, à lui qui l'avait appelée. Il s'en souvient parfaitement et chaque jour il pense aux femmes de cette maison, il dit que l'endroit est à la fois hanté et béni, magique et souterrain, il dit que ce jour-là il a cru que les murs tomberaient, la jeune fille exploserait en sang et en entrailles, sa mère disparaîtrait pour ne pas l'entendre souffrir autant. Il dit que c'est un miracle si la demeure et ses habitantes sont encore debout, après tout ce temps, c'est inhumain de vivre dans un souvenir aussi dur, il craint lui-même d'y retourner. Quand il passe devant la chambre scellée où l'enfer a montré la couleur de ses flammes, son corps devient celui d'un animal, heureusement la soutane cache ses tremblements et ses hérissements, mais jamais, non, jamais il n'a connu tel ravage. Il dit qu'il s'en veut d'être humain, d'avoir des frères humains et des sœurs humaines capables de cela, il dit qu'il est fier d'être humain, d'avoir des frères et des sœurs capables de sortir vivants de ce piège. Il se demande pourquoi Dieu l'a désigné et pas un autre, après tout, il n'est pas solide, il n'a pas les épaules de l'homme aux épaules rouges, il n'a pas la résistance de la fille au fusil, il n'a pas les yeux verts de cette famille abîmée, rien de cela ne lui est étranger mais rien de cela n'est à lui. Il est le fils du Fond du Puits, et il tente de prendre soin de cet endroit et de ses âmes. Chaque jour, il souffre d'avoir vu cette fille souffrir. Il sait que le dire au *fils* de la *mère* fait de lui une âme trop douce : il souffre d'un souvenir, de ce mal il ne peut rien faire, sinon aider les autres.

Le *fils* ne dit rien : dans l'âtre les braises sont des yeux rouges et brûlants qui ne regardent personne. Toute cette douleur, à cause de sa *mère*. Toutes les douleurs à venir, à cause de lui.

La jeune femme ne pouvait pas repousser la *mère*, ni appeler à l'aide. Elle ne pouvait pas se retourner et empêcher ces mains du diable de travailler ses entrailles, ni s'allonger de côté et proposer son dos plutôt que son ventre, elle ne pouvait pas supplier, implorer, bégayer, elle ne pouvait pas disparaître, cesser de respirer, s'étouffer dans la douleur, rien de tout ce qui était permis aux mourants ne lui était accordé parce qu'elle ne mourrait pas, quelle chance. Elle vivrait longtemps, fort longtemps, des dizaines d'années pour se souvenir de ce moment-là, du choix de la *mère* de la laisser vivre, et pour la laisser vivre elle la vidait, elle grattait les parois, elle raclait, elle l'écopait du sang, des premiers organes, des palpitations, elle la dépeuplait, avec ses doigts, ses ongles, ses paumes, au-dessus du drap. Ses pouvoirs disait-on étaient si puissants qu'elle n'avait pas besoin de vous toucher pour lessiver votre corps, pour démeubler vos pensées, évider vos sexes coupables d'avoir tremblé comme des chiots dans un panier. Ses pouvoirs disait-on étaient sans limites et quand elle choisissait de vous laisser en vie alors il fallait se souvenir qu'elle vous avait épargné, que l'équilibre du monde, des choses vivantes, avait besoin de vous, de votre présence, même si la souffrance vous accompagnait jusqu'à votre mort, même si le souvenir de ce démembrement intérieur vous rongeait pour l'éternité. On ne résistait pas à la *mère*, elle décidait, les hommes et les femmes du Fond du Puits se taisaient, comme toujours, pleins de leur fureur, de leurs erreurs, pleins de honte et des drames qu'ils créaient parce qu'ils aimaient tant se toucher se prendre se cogner se perdre, la *mère* nettoyait après la fête macabre, ils la détestaient, mais sans elle, ils se sentaient perdus, enfants abandonnés entre deux basses collines, ils la haïssaient autant qu'ils l'appelaient pour les sauver du monde qu'ils avaient eux-mêmes bâti.

C'était au-delà du cri humain. Au-delà d'un hurlement de peur. Au-delà d'un rugissement de colère. Sa voix ne ressemblait à rien de ce que la *mère*, le prêtre et celle qui se tenait derrière la porte avaient entendu jusque-là. Au-delà des hennissements au fond des écuries, quand on sait que la jument ne tiendra pas, au-delà des beuglements les nuits de gros orages, qui montent des prairies où les étables semblent abandonnées à la violence des pluies. Au-delà des clameurs populaires, colossales, des manifestations d'indignation et de chagrin social, au-delà même des tremblements de terre et des glissements de terrain, ce qui montait d'elle ressemblait à la fin du monde, à l'effondrement des maisons une par une, à l'éviscération des basses collines. La *mère* ne se trompait jamais : pourtant, ce jour-là, les mains au-dessus du drap, étouffant de son pouvoir la vie nouvelle pour en sauver une autre, elle se sentit empoisonnée par cette voix et reconnut en elle ce qu'on nomme l'enfer.

Le *fils* sait tout et le jour se lève en effleurant les basses collines. Il comprend le choix de sa *mère*, la douleur de la patiente, la colère vingt ans plus tard. Le fusil sur lui, le pauvre fusil, ridicule, minable, sans plomb, sans balle, sans poudre, sans promesse de blessure, ce pauvre fusil entre lui et elle.

Le jour se lève très calmement, pour accompagner les pensées muettes du *fils*, pour l'aider, le consoler, aussi, de ne rien savoir faire pour cette femme à qui l'enfant fut retiré sans que le souvenir de comment l'enfant fut fabriqué soit, lui aussi, retiré. Sa *mère* a laissé l'homme aux épaules rouges vivre et persister ; le *fils* devine qu'elle a rétabli l'ordre du monde en évitant la naissance d'un enfant créé dans le drame et l'horreur, il connaît les pouvoirs, les responsabilités que ces pouvoirs obligent. Il pense qu'il aurait fait la même chose mais, au fond de lui-même, une voix de jeunesse, de révolte, vierge des ordres de la *mère*, ignorante de l'équilibre des hommes, pure de toute parole humaine, de tout commandement divin, cette voix souffle que ce n'est pas juste. Il ne sait pas exactement pourquoi il pense cela, mais ce n'est pas juste que les vies continuent ainsi, au Fond du Puits. L'homme aux épaules rouges attend, dans sa maison crasseuse. La femme au fusil depuis des années s'endort dans le souvenir immonde de cette maison-là, tremblante de colère. Le *fils* est envahi par ce que sa *mère* appelle « le sentiment naïf ». Sa *mère* a fait ce qu'il fallait, cette femme a accepté ce chagrin, l'homme aux épaules rouges a un autre enfant, malade, avec une autre femme, morte après avoir été longtemps malade de ce mari, malade de cette maison, malade de ce Fond du Puits où elle fut enfermée par la force de l'équilibre atroce de ce monde. Le *fils* pense aux deux femmes, celle à qui l'on retire son enfant avant sa naissance, qui souffre depuis, pas de cette absence mais de la manière dont elle est survenue, comme on souffre d'un organe essentiel retiré dans l'urgence, pour permettre à la population du Fond du Puits de ne pas se déchirer une fois que l'enfant deviendrait adulte. Il pense à l'autre femme disparue, mariée à l'homme aux épaules rouges, dont le petit est cloué au lit avec sur son front brûlant le regard dégoûtant d'un père brisé d'être de ces hommes-là, boursouflé de haine, de faux pouvoir, à la morale friable et sèche. Pourtant cet homme règne sur la vie et la mort de ces deux femmes par les vies qu'il a nichées à l'intérieur d'elles, comme on cache son meilleur atout au milieu du paquet de cartes. La voix du cœur du *fils* répète que ce n'est pas juste.

Ce n'est pas juste.

Les mots de la *mère* reviennent en sa mémoire : l'équilibre.

Il pense avoir le don de l'équilibre. Il réajuste, répare, range les villages et les maisons, il trie, il compense, il égalise les peines et les soupçons. C'est là son pouvoir : harmoniser la cruauté.

Le prêtre ne dit rien quand le *fils* quitte le presbytère. Mais il n'a pas idée de ce que l'étranger a décidé. De ce que le mot justice signifie pour lui. Il n'a pas idée des grandes guirlandes d'horreur qu'il s'apprête à accrocher aux rambardes des maisons, des lierres de solitude sur les remparts, il n'imagine pas que le *fils* a plus grandi en une nuit qu'en vingt ans près de sa *mère*, qu'elle lui a appris les rudiments de son métier et qu'à présent, après avoir visité ces deux familles de chaque côté de la rivière, il occupe, vraiment, la place de sa génitrice. Il n'a pas idée, quand le *fils* tire la porte derrière lui, sans une parole douce, sans un regard, que le drame de l'homme aux épaules rouges va prendre fin à l'aube, dans cette lumière orange des renards et des grives, des mendiants et des nourrices. Le *fils* va mettre un terme à cette histoire, punir cet homme, de la pire des manières, il veut être juste et puissant dans sa justice, la langue des choses cachées a parlé cette nuit, il a entendu, écouté, retenu les leçons, compris les espoirs et les échecs, senti l'ennui et l'euphorie, il a reconnu les traces d'anciennes blessures, les indices de grandes joies, dans son cœur la décision est prise.

Quand la porte se referme, le prêtre soupire. La pièce est chaude, cette chambre paraît plus rassurante quand personne ne l'occupe. Sa poitrine est moins encombrée, ses tempes palpitent encore, ses jambes voudraient suivre mais il n'est plus utile. Il voudrait dormir, enfin, sur cette chaise mille fois rempaillée il pourrait s'assoupir, la nuit a été longue, et hier l'attente, sur le chemin, après le dernier virage, quand il croyait voir venir la *mère* et qu'un étranger est apparu. Il est trop vieux pour cela mais il ne s'endort pas. Le prêtre veille.

Il n'a pas idée de ce qui a lieu dans la maison de l'homme aux épaules rouges.

Quand le *fils* pousse la porte, le feu ne brûle plus. La salle à manger lui glace le sang : il passe une paume sur la table, il voit tout, les yeux verts révulsés, l'épouse morte, les épaules rouges, les tremblements, le début des larmes, le début des grossesses, la fin de l'amour. Les murs de cette maison paraissent plus clairs, abîmés par le froid, figés dans le matin. Il avance dans le couloir, des colonnes de poussière font un rideau lumineux dans les ténèbres.

Dans les brumes de l'aube, la chambre du petit garçon luit de beauté. Blanche et grise. On n'entend que la respiration calme et reposée de l'enfant qui va vivre, la fièvre est tombée dans la nuit, après le passage du *fils*. La brute aux épaules rouges dort sur sa chaise : il dort si profondément, sa poitrine grésille, il dégage une odeur infecte mais il n'a pas quitté son poste, il attend là comme une brave bête prête à défendre, à mordre, à tuer pour cet enfant. Sa bouche tombe de côté, l'intérieur de ses lèvres, jaune et fripé, écœure toutes les femmes du village.

Soudain, le *fils* voit l'intérieur de cette bouche mordre le cou, les seins, les épaules de la femme au fusil et sa main devient celle d'un sorcier, d'un pouvoir que l'émotion emporte. Le *fils* est plus fort que la brute aux épaules rouges, la brute va payer, maintenant, là, dans cette aurore où les cloches ne sonnent pas, où le village retient son souffle, le *fils* va réparer les erreurs de la *mère*, enfin il prend place, enfin il prend sa place. Il avance près du lit comme aux pieds d'une Vierge d'albâtre et, détournant ses yeux, ses mains, sa haine humaine de la brute, il ouvre les paumes comme des palmes, écarquille les doigts, étire ses poignets et courbe les phalanges. Il tend le bras au-dessus du visage de l'enfant, comme s'il allait l'agripper, le tordre, le chiffonner, ce serait si facile de le réduire en miettes, de lui briser les os du visage et du crâne. Il y pense, mais il retient son geste, la main est grande ouverte, elle semble avoir grandi, repoussé son propre squelette, craqué ses phalanges et allongé ses ongles, cette main n'est pas la sienne, pleine du don de sa *mère* et des femmes avant elle.

La brute aux épaules rouges ne bouge pas : le chien dort comme dorment les chiens après avoir veillé d'un sommeil qui ressemble à la mort, plongé dans ses limbes, dans ses rêves sans couleurs. Le *fils* prend une longue inspiration, sa paume se raidit au-dessus du visage si doux qu'on le croirait sacré, et, soudain, les tempes claires de l'enfant se flétrissent. Le menton se plie, les joues se nouent sur elles-mêmes, le nez remonte, des rides brisées apparaissent au front, les yeux s'allongent. Les oreilles se boursouflent, les cheveux tombent, les lèvres de la bouche se retournent, les gencives apparaissent et les dents s'écartent. Les narines se rapprochent et s'aiguisent, les paupières s'affaissent comme des fruits secs. Là où il y avait de la beauté, tout est cassé, froissé, monstrueux. Le spectacle est dégoûtant, on dirait qu'une roue géante est passée sur ce beau visage et que ses traits ont éclaté. Pourtant, dans cet amas de chair, on entend la respiration douce, le peu qu'il reste du sommeil monte dans la chambre. Le visage est détruit mais la vie continue dans ce corps.

Quand le *fils* a fini de le froisser, il ferme sa main et la blancheur de la peau pourrit immédiatement, le rose des lèvres s'assombrit, les sourcils dégringolent, la figure angélique devient, comme les épaules de la brute, d'un rouge presque mauve. La tête semble avoir été trempée dans du sang puis chauffée au fer, la chevelure est trouée, des pourritures gagnent les oreilles et le cou, il est défait, l'enfant roi est devenu, pour de vrai, l'enfant de la brute aux épaules rouges, son visage est rayé, arqué, tombé sous le sortilège. Brûlé. Fendu et purulent. Sa beauté est détruite, remplacée par des narines désorganisées, des lignes grossières, il est une fleur âcre et mangée sur un corps chétif, l'horreur du père est montée au visage de l'unique enfant, impossible à regarder tant les traits ont été démontés, arrachés, grattés. Quand le *fils* éloigne ses mains, la figure n'est qu'une viande, la perfection, réduite en cicatrices et brûlures, a disparu. L'enfant respire : le *fils* avait promis qu'il vivrait, il vivra, défiguré, ensorcelé, mais il vivra, et longtemps, avec ça.

Le *fils* se retourne, fait deux pas. Il regarde la porte ouverte, le couloir jusqu'à la cuisine, le fin rayon de lumière rouge qui vient de l'entrée, il attend. Avant de quitter la chambre, il regarde une dernière fois le visage qu'il vient de flétrir et de réduire, il regarde la brute aux épaules rouges, le *fils* a été juste, il en est certain. Il offre à la brute le cadeau pourri de ses actes terribles, à son réveil, voir ainsi son enfant tant aimé, ce sera une douleur comme il n'en a jamais vécu, il connaîtra ce mal d'avoir tout perdu et d'être encore en vie, avec pour seul compagnon l'enfant à la figure morte. Le *fils* remonte le couloir, il sort, le jour est presque levé mais personne ne vient.

Il passe la rue, traverse le pont, marche très doucement, comme une cigogne, la rivière se réveille, de son torrent monte une clameur désespérée que le *fils* ignore.

À la sortie du village il lève la main en direction du clocher, il ne dit pas à bientôt mais adieu. Les cloches répondent, unanimes, le *fils* pense à la folie de la brute, à sa fureur quand il comprendra, le *fils* pense à la femme au fusil, à la vieille dans son lit, cette vieille qu'il a choisi de laisser vivre. Il veille à l'équilibre du passé, et dans le drapeau rouge du matin, il disparaît entre les basses collines.

Épilogue

Car c'est ainsi que vient la mort, qu'elle s'empare des lieux, des bêtes et des enfants, qu'elle parle aux veuves et aux jeunes filles, qu'elle embrase les vieux et les garçons, avec des mots simples et des mains rassurantes elle crève les portes des maisons, les fenêtres des manoirs, elle perce sans violence les nuits les plus sombres, les jours les plus éclatants. Pour elle chaque prairie est un chemin, les montagnes sont des collines et rien de ce monde ne saurait lui résister. C'est ainsi qu'avance la mort, avec le visage de la jeunesse, avec des jambes vives quand celles d'avant sont rongées, avec des yeux malicieux quand le regard d'autrefois n'est plus qu'un trou de souvenirs. Elle vient quand on l'appelle, elle parle la langue des hommes, des femmes et des enfants, mais elle en connaît mille autres, sa bouche est un monde mais, surtout, elle connaît la langue des choses cachées. Alors la mort vient, ses gestes sont doux, sa parole est pure, elle ne bavarde pas, elle ne ment jamais. Pendant que les hommes se perdent dans le corps des femmes implorantes, pendant qu'elles se perdent dans l'attente d'un retour ou d'une caresse, la mort creuse des sillons dans les familles, elle prend les garçons malades, les filles fragiles, elle organise les villages, elle délivre des vieillards séniles qui durent, fous à lier, dingues à enfermer, elle croit être juste mais sa justice est celle des derniers instants, des ultimes moments de douceur et d'amour. Le mot amour pour elle est un temple sacré que les hommes ont saccagé depuis longtemps, alors quand elle l'entend dans la bouche tendre de ceux qui s'aiment simplement, elle les laisse, encore, vivre. Elle accorde des passe-droits, elle s'ouvre aux âmes passionnées. Elle retire de la pelote que forment les villages des aiguilles longues et acérées, elle s'installe dans les chambres et les mémoires, dans les corps et les jeux, dans les livres et les pensées, elle ressemble à un jeune homme, elle ressemble à sa *mère*. Ils font ce qu'ils ont à faire, ils rétablissent des lois anciennes, la *mère* et le *fils*, la mort multipliée, elle aménage le tourment, elle structure la tendresse par des absences soudaines, elle prolonge des vies de rien du tout, elle coupe des souffles, déchire des poitrines, craque des gorges, déplie des tumeurs, elle agrémente l'existence des hommes, elle commence des histoires n'importe où. Oui, c'est ainsi que vient la mort, qu'importent les projets, les manques et les attentes, qu'importent les hôpitaux pleins d'espoirs, les fosses pleines de terre, qu'importent l'innocence fausse des enfants, la protection de leurs parents, qu'importent la bonne santé, les assurances, les prévisions, elle se révolte contre ce qui était prévu, écrit, mis en place, elle se fiche des lois qui ne sont pas les siennes. Seuls comptent pour elle la langue des choses cachées, les fantômes pris dans leurs chaînes comme un grand amour dans un cœur brisé, les animaux coupés en deux au bord de forêts sombres dévastées par la pluie, les bâtiments écroulés où naissent encore des oiseaux grinçants de faim.

C'est ainsi que vient la mort, nous l'accueillons avec des bras pleins de fleurs, des yeux pleins de larmes, surpris qu'elle nous connaisse si bien, et qu'elle éveille en nous des amours plus fortes que la vie elle-même.

L'exemplaire que vous tenez entre les mains a été rendu possible grâce au travail de toute une équipe.

Édition : Sylvie Gracia
Couverture et conception graphique : Quintin Leeds
Révision : Nathalie Capiez, Isabelle Paccalet avec Julie Mandart, Anaïs Pournin
Mise en page : Soft office
Photogravure : Point 11
Fabrication : Marie Baird-Smith
Direction commerciale : Adèle Leproux
Coordination éditoriale : Thomas Garet
Relations libraires : Alexandra Profizi
Presse : Marie-Laure Walckenaer, avec Lise Chaton
Communication digitale : Alice Huguet

Rue Jacob diffusion : Élise Lacaze (direction), Katia Berry (grand Sud-Est), François-Marie Bironneau (Nord et Est), Charlotte Jeunesse (Paris et région parisienne), Christelle Guilleminot (grand Sud-Ouest), Laure Sagot (grand Ouest), Diane Maretheu (coordination), Charlotte Knibiehly (ventes directes) et Camille Saunier (librairies spécialisées)

Distribution : Interforum

Droits France et juridique : Bertille Comar et Geoffroy Fauchier-Magnan
Droits étrangers : Sophie Langlais et Ella Bartlett
Droits audiovisuel, théâtre, podcast : Alba Beccaria et Geoffroy Fauchier-Magnan
Accueil et librairie : Laurence Zarra et Lucie Martino
Envois aux journalistes et libraires : Vidal Ruiz Martinez
Comptabilité et droits d'auteur : Christelle Lemonnier, Camille Breynaert et Christine Blaise
Services généraux : Isadora Monteiro Dos Reis

L'ensemble de cet ouvrage a été réalisé dans le respect des règles environnementales en vigueur. Il a été imprimé par un imprimeur certifié Imprim'vert, sur du Lac 2000 PEFC pour l'intérieur et une carte Invercote PEFC pour la couverture.

Achevé d'imprimer sur les presses de l'imprimerie Corlet à Condé-en-Normandie (Calvados) en octobre 2023.

ISBN : 978-2-37880-404-6
Numéro d'impression : 23090529
Dépôt légal : Janvier 2024

En France, un livre a le même prix partout. C'est le « prix unique du livre » instauré par la loi de 1981 pour protéger le livre et la lecture. L'éditeur fixe librement ce prix et l'imprime sur le livre. Tous les commerçants sont obligés de le respecter. Que vous achetiez votre livre en librairie, dans une grande surface ou en ligne, vous le payez donc au même prix. Avec une carte de fidélité, vous pouvez bénéficier d'une réduction allant jusqu'à 5 % applicable uniquement en magasin (les commandes en ligne expédiées à domicile en sont exclues). Si vous payez moins cher, c'est que le livre est d'occasion.